封语江湖

封　仪/著

团结出版社

图书在版编目（ＣＩＰ）数据

封语江湖 / 封仪著 .-- 北京：团结出版社，2016.11

ISBN978-7-5126-4618-6

Ⅰ.①封… Ⅱ.①封… Ⅲ.①长篇小说－中国－当代

Ⅳ.①I247.5

中国版本图书馆 CIP 数据核字 (2016) 第 274515 号

出　　版：团结出版社

　　　　　（北京市东城区东皇城根南街 84 号邮编：100006）

电　　话：（010）65228880　65244790（传真）

网　　址：www.tjpress.com

E-mail：65244790@163.com

经　　销：全国新华书店

印　　刷：艺堂印刷（天津）有限公司

开　　本：880mm×1230mm　1/32

印　　张：11.5

字　　数：258 千字

版　　次：2017 年 1 月第 1 版

印　　次：2018 年 4 月第 2 次印刷

书　　号：ISBN978-7-5126-4618-6

定　　价：68.00 元

《封语江湖》：真实、真相、真理

看完《封语江湖》，我倒吸一口冷气。类似本书的叙事，这些年在公开出版的书籍中并不多见，它真实到指名道姓，贡献自己的隐私，不为亲朋讳、不为小人遮。真实的时间、地点、人物、事件，其中的原委和曲折，细节的准确和描绘，都让人不得不陷入沉思：封仪的民间叙事与官方的主流叙事，与改革开放 30 年的内生动力、财富原罪和灵魂蜕变竟然是大相径庭。不看《封语江湖》，不知道今天的中国社会之种种乱象与真相;不看《封语江湖》，不知道一个淳朴的的大学生，一个刚刚从农业社会桎梏中解放出来的人，经历怎样的灵魂蜕变和人格进化;不看《封语江湖》，不知道自己的人性竟然与作者封仪有着千丝万缕的联系。

真实描绘出了真相，真相还原了真理。

真相之一是，虽然改革开放是邓大人在中国的南方画了一个圈，但前仆后继扑向这个"圈"的改革开放的先行者，皆是当年不满体制封闭，对单位不满，对家庭不满，尤其是离婚无望，渴望"自由"，渴望改变，渴望奔向"光明"的叛逆者。这和当年奔向延安的广大青年几乎一样，渴望自由的眼神虽隔多年，但同样是热烈而奔放的！封仪们像前辈们一样，因为"档案里的污点"，驱使他们奔向自由和光明。甚至有些人，和美国"五月花"号船上的移民一样，带着颠覆英国体制的使命和希望奔向新大陆的。如果这是真相，那么，真理就是自由是人的本能。自由不仅给人希望，也锻造人才，创造财富。

真相之二是，率先下海的财富积累几乎都天然伴随着"带血带泪"甚或"带着魔鬼的狂欢"的原罪。《封语江湖》的前半部书，几乎都是积累财富的"血泪史"。当年的"海"，是中国从农业社会伦理急速转向工业化国家的市场经济，初始阶段的"无法无天"，一切都凭着人的欲望本能和粗暴的"丛林法则"。在这种法则下，封仪的"吉普车"和弟兄们维护着"义"和"利"的法则和秩序，维护着一个叫封仪的江湖。这些"原罪"，与历史上的美国西部大开发和英国早期资本扩展几乎同样，重复着"往日的辉煌"。只不过，英美的暴发户们多一点宗教的伦理底线，而封仪们多一些中国传统文化的"仁义"规矩。但是，不管怎么说，这些财富的原罪，都是历史遗留的痕迹，是自由给予的奖赏。当然，也有代价。第一代的改革者们，甚至是第二代改革的先行者们，如今不在监狱服刑、不在地下安眠的所剩无几。《封语江湖》中点到的那些大"玩家"，如今能够安度晚年的屈指可数。由此，我们也能够推断出封仪写作本书的意图。这个真相的真理就是：凡是存在，都有合理的历史沿革和内核。今天，当我们仰望某些财富大咖在天堂里喝咖啡的时候，别忘了还有大部分曾经的财富大咖在地狱的断桥边，排着队在喝忘情水。

真相之三就是，创造财富的内生动力不仅是荷尔蒙，不仅是金钱控，还有文艺范。通读《封语江湖》，有一个有意思的现象：

初期的封仪江湖，不管是想发财，还是先发了财，都是荷尔蒙的爆发，通通贡献给了女人，以及为了女人的面子、虚荣，各种各样的嘚瑟。但是，财富积累到了一定的程度，年龄到了一定的岁数，荷尔蒙消耗到一定的存量，封仪的江湖变成了文艺范。对往事的忏悔，对朋友的歉意，对走出家乡的初心，对儿女绵绵不断的情意，似乎都铺垫着他对电影和电视剧的投入和向往，对社会教化以及教化事业的痴迷，到了不计成本的地步。说到家，封仪是有理想的，有梦想的。当实现了财务自由，人的理想和梦想，就开始萌动，甚至泛滥。再发展下去，封仪如果皈依宗教，我们一点也不必奇怪。封仪在本书中，毫不保留地铺展出自己灵魂变化的轨迹和路线图，说出自己心中的真相。这个真相让人感觉到一个真理：人的生命和灵魂，就像永远朝向阳光的绿藤，沿着大树，不停地攀爬……他再次印证了马斯洛的行为科学模式。

本书最大的价值，不是畅销，不是流行，而是收藏。

收藏一个人。

收藏一个人的历史。一个人的灵魂。

收藏一个人在成功之后的"得到"和"失去"……

安波舜

小青葱·老腊肉

　　有一阵子了，早上看微信的时候总要看一下封仪的朋友圈，他在那里发的《封语江湖》系列随感很吸引人。每篇短文字数不多但有人物、有故事、有事件、有性格，好像一个个微剧微电影的剧本，人物形象、现场环境都生动具体。时间长了我建议封仪出个集子，他说，早有出版社盯上他了，而且不是一家。于是，就有了眼前的这本《封语江湖》。

　　记得是几年前，封仪打电话约我，要我去他的风仪坊，说有一个故事要讲给我听，去了之后，才知道听众就我一个人。他端坐在他那个茶几前，满眼真诚地对我说，无论什么情况今天你都要认真地听我把这个故事讲完。然后，他就像老梁说书那样，认认真真、滔滔不绝、有条有理地讲了两个小时。虽然没拍惊堂木告诉我开头和结束，但是这个故事绝对是一个起承转合、跌宕起伏的口述剧本。我深深地被他这种说书人的敬业精神和故事中的人物命运打动，当即就肯定道，这是一个很好的长篇小说或电视连续剧剧本。他说，他正在完成这个小说和剧本。之所以给我讲这个故事，是为得到检验和支持。没多久，他就拿出一个图文并茂的剧本大纲《海南往事1987》。这时，我才深知封仪是一个特殊的"闯海人"，对海南有着特殊的情结。《海南往事1987》是他当年下海的所有经历的概括和提炼，是开发海南岁月的索引和见证。从那时起，我便深知封仪是个有经历、有储备而且极会讲故事的人。

这本《封语江湖》佐证了封仪拥有丰富的"闯海人"生活的素材，就是他自己亲身经历的在海南的一切，本书的一个个故事，组合起来便是《海南往事1987》的文字和故事基础。但是我要告诉读者，本书的内容与《海南往事1987》故事情节和人物形象都没有直接的联系。为了不剧透，我且把读后感向大家分享。

我之所以喜欢这本书，因为作者的文笔鲜活生动，泼辣有力，幽默老到，犀利无情，毫无顾忌，自我剖析的真诚，都让人看到作者是个有情有义、有智有勇、敢爱敢恨的创业者、漂泊者，一个汉子。他连蒙带骗、投机取巧、我行我素，但他有做人的原则，交朋友的标准，为人处事的方法，让你深深感觉到，当年海南的丰富繁杂的生态背景和"闯海人"为生存所形成的特殊性格。可以说，封仪在这本书里为我们描绘了一个微缩和简约版的新海南《清明上河图》。在故事中，我们也看到了，自以为是、颜值很高的封仪少年时代、大学时代和20世纪80年代面对市场经济初潮，他的反应和态度，选择和创业实践。也是他更清醒了，选择自己的人生。看他的微信，我们知道，不久前他做了一次不大不小的手术，但自认为拥有了对人生新的感悟，他从青岛坐小型的飞机回东北，不觉得掉价和恐慌，而是一味赞美，在空中看到的火红的云海"像太阳但比太阳还要大"，看他的描述与感受，我们必须承认，封仪是一个热爱生活、珍惜生命的人。

　　当年的帅小伙，如今已大腹便便，早已定居北京，并且在京东的一个花园内，建立了自己的创作基地——风仪坊，自诩坊主。呼朋唤友，拉帮结伙，人脉发达，乐在其中。但他念念不忘当年，当年的经历、当年的老友、当年的喜怒哀乐、当年的成功失败，这些都是他人生中的财富和回味。每每念起，唏嘘不已，百感交集，但他又无怨无悔、自以为是、乐此不疲地在用文字回忆整理这些往事。在这些文章中，你能仍感觉到，"小青葱"的鲜辣辛，岁月的沧桑，你也能感觉到"老腊肉"的烟火浊气。我对封仪说，我写的推荐你这本书的文章，题目就叫《小青葱·老腊肉》吧。当年和今天，混在一起炒盘菜，味道好极了。

张子扬

匆匆那些年，侠义永流传

（本书原名《匆匆那些年》）

匆匆那年，混不好的只有"匆匆"，混得好的才有"那年"。

这句话在同学会里流传颇广，但我总不以为然，封仪先生想必亦作如是观。

混得再糟的人都有自己的"那年"，混得再好的人也挡不住时光的"匆匆"。

在这本《封语江湖》里，不仅有封仪先生的海南往事，也有封仪朋友圈的市井百态。用他自己的话说，他的职业就是"交朋友"。这本书，活脱脱就是一本"封仪朋友圈逸事"。

封仪先生在海南的那些年，早已经化为"海南情结"，成了封仪生活中的一部分。

甚至现居北京的封仪，仍选择住在一个岛上。我去过封先生在北京的岛，在北二环和北三环之间一个叫柳荫公园的幽深所在。那里芦湾连柳岸，湖鸭戏荷花，野趣之盎然，全然超出你对三环内帝都的想象。

公园湖水环绕有一小岛，岛上有十余间仿古建筑掩映在垂柳之中。这就是封仪的"风仪坊"，天南地北的"闯海人"管这儿叫"家"。如果你早晨穿过柳荫公园的花径，走上通往留春岛的拱桥，很可能会遇上风仪坊的主人。这个看上去并不起眼的中年胖子常常在岛上做眺望状。用他自己的话说，这叫"登上小岛望大岛"。小岛名曰"留春"，大岛大号"海南"。

1987 年之前的海南，盛产蛮荒、贫穷、贬谪重臣以及各种奇珍异果。这年年底，一则消息让这个以"老（区）、少（数民族聚居区）、边（区）、穷（区）"而闻名的海岛拥有了一个全新的称谓：大特区。从此，海南开始盛产欲望、梦想和传奇。

最初搅动一代"闯海人"内心激荡的，是 1987 年 10 月 3 日《光明日报》刊发的头版头条，《海南向全国招贤纳士》。此前，改革开放的总设计师已经对全世界吹风，"我们正在搞一个更大的特区，这就是海南岛经济特区。""海南岛好好发展起来，是很了不起的。"

历史的机缘开始在这座南方之南的岛屿上风云际会，参与一项"很了不起的"事业让很多年轻人热血澎湃。于是，就有了"十万人才下海南"，这场年轻知识分子的集体奔流成了 1988 年最引人注目的传奇。

作为第一波"闯海人"，封仪先生也是这波传奇的谛造者。刚认识封仪兄时，我总在想：这个嘴硬心软的胖子，既无冯仑的博学，又无潘石屹的精明，连王功权的率真也远远不及，他凭什么"传奇"？

有人说，这是因为封哥"为人仗义，处事豪爽，侠士风范，琴心剑胆"。我们看到的侠客都在小说里、屏幕上，现世一活生生的"侠客"，能不传奇？

我却觉得，封仪先生的传奇，更在他"追梦天涯，实现自我，顺天应人，笑傲四海"的闯海精神。

在书中，封先生自述他辞掉江西的工作，毅然投奔海南岛的心路历程。对当时下海的决定，他坦承自己"心里也是没底的"。但抱着对未来的憧憬和勇往直前的信念，他还是踏上了下海的轮船，以至于他在船上"一直处于亢奋状态下的我，早早起来了，迎着徐徐的海风，站在甲板上，望着海面上冉冉升起的太阳，情不自禁地唱起了刚刚学会的歌：我问过海上的云，也问过天边晚霞，何处是大海的边缘，哪里是天之涯……"

这应该是很多闯海人在上岛时都有过的内心写照。按封先生所述，他是带着蛇药登上海南岛的，破釜沉舟在此一搏的念想强烈而坚定。"既然上了这条船，我就没打算中途跳下去，只有勇往直前一条路了，前方就是海南。"

凭着一身侠肝义胆，封先生很快就成了海南社会交流活动中的风云人物。1990年，他又以"海南达信公共关系活动中心"为依托，在商界不断伸展腾挪，实践着"公关"这一概念在中国特色市场环境中的野蛮生长。唯其野蛮，更显真实；唯其野蛮，更显传奇；唯其当初的野蛮，更显今日规范的必要。

进京后，封先生心态归于平和，性格渐趋内敛，不过侠义依然。除了京城的风仪坊不时引得四方闯海人来拜会，每年腊月二十封仪先生还会在海口坚持举办闯海人聚会。真是流水的宴席、铁打的封仪！

而所谓"侠义"，也已从最初的为朋友两肋插刀，转化成为海南的发展不遗余力。早年，封先生就拍过以"十万人才下海南"为题材的专题片，后来又有了十集专题片《见证海南》。2015年7月以来，海口以"双创"为切入，集全市民众之力硬是刷新了一座城。封先生感念海口的旧貌变新颜，也振臂一呼，聚各路英豪于"助力双创、闯海人回家"研讨会，为海口出谋划策。

"侠之大者，为国为民。"为一己之私的英勇，难称侠义所为，在法治社会，它还要经受法律的度量；为一城黎民的奉献，才是侠义的精神寄托之所在。当转型深化，陌生人社会降临，这场千年未有之大变局，迫切需要重新诠释和发展古道热肠、侠肝义胆。追梦天涯，实现自我，这是小我；顺天应人，兼济天下，方能笑傲四海，这才是大我。认可小我是尊重个体，提倡大我，是人性的升华。

这是封仪先生的风雨江湖。我知道，还有无数和封仪一样的闯海人，仍在各自的江湖中，为创造和谐、幸福、美好的生活而努力。我期待这本书能将闯海精神传递给更多的人。

时光已逝，侠义永恒。

是为序。

王忠云

老炮儿的江湖往事

电影《老炮儿》，让封仪找到了一个切入点，于是有了这本《封语江湖》。冯小刚演绎的老炮勾起了大侠封仪的无限感慨，一生的沧桑，犹如电影一般浮现在脑海。过眼云烟，当年那岂止是云烟，那是疯狂，是硝烟，是命命相抵的惊涛骇浪。

时过境迁，弹指三十年已矣，而今，唯余宁静，烟尘散尽，天蓝云白，《封语江湖》哪！

20 世纪八九十年代之交，海口，海南岛敢说是地球上最富生机活力的一块热土，那是这本书开始的时间。

我 1989 年、1993 年两度登岛，而且第二次一直逗留到 1995 年，我因此有幸见证了那个波澜壮阔的年代里发生的奇异变迁。

那是个英雄豪杰大展拳脚的时代，不可能的奇迹天天都在发生。那个时候最响亮的名字，不是今天声名显赫的万通六君子，而是马玉和黄向农陈宇光，当然还有封仪，还有震惊中国财经金融界的高岭兄弟。

琼民源，琼港澳，新能源，连同辽国发，当年，比今天的阿里巴巴和万达不逊分毫。

这些响当当的名字，在《封语江湖》中，或被蒙上了模糊的面纱，或被轻柔地提起，或被含蓄地一笔带过。此后几十年的中国的经济奇迹，当真发端于这些名字和他们创建的企业。他们是新世纪无可争议的先驱者，他们创造辉煌，成为后来者的铺路石。

那是个英雄辈出的年代，泥沙俱下，鱼龙混杂，风云变幻，波谲云诡，是真正意义的魅力年代！

封仪是那个年代的亲历者，是绝对的主角，当年的许多大事件都在他的眼中笔下，他有时甚至就是事件的发起者和行动人。

我有幸是封仪的老乡，有幸在当年就结识了他，而且成了朋友。我一直期待他有一天会开口，把他那段不可复制、不可再现的历史，交还给历史本身。

冯仑写的只是经济层面的是非短长，经济只是大历史篇章中的某个章节而已，然而已经很好看，很有趣了。《封语江湖》又一次将那个神秘年代的面纱揭开，重现那些更鲜活更精彩的画面，这是所有当年海南亲历者的福音，是历史的一次丰盈的补遗。

封仪是那个年代无可争议的大侠，叱咤风云翻天覆地。但是，那个年代永远过去了，封仪老了，我们老了，老得只剩下感慨和回忆，那又怎么样？海明威在《太阳照常升起》里说了一句话，一句重复几遍的话："想一想不是也很好。"

想一想，再想一想。于是，有了这本《封语江湖》。

冯小刚兄弟，你没想过拍《老炮2》吗？多好的蓝本啊！

马　原

封仪怎么忽然又成了作家？

20 世纪 50 年代的男孩子，一般都有两个梦想，一个是当兵，一个是当作家。我和封仪小学分头写诗，中学一块儿写小说。第一个梦想不久都破灭了，第二个梦想我坚持到 25 岁，醒了。我原以为封仪比我醒得早，没想到他居然到现在还没放弃，而且是在作家最不受待见的时候挤进了作家堆里。

必须声明一下，我指的是真作家，不是自费或拉关系出书或用文字贩卖黄赌毒的那种伪作家，应该是接近我们校友马原的那种作家。

封仪出武侠小说的时候，我觉得他离我心目中的作家还隔一层纸。看到手机连载的《封语江湖》，觉得封仪终于破壁飞出了。这本书在中国当代纪实文学领域会留下印记，许多年以后，还会被人再提起。

成为非虚构作家必备的三大要素，封仪都幸运地拥有了，那就是才气、思想、经历。

说封仪的人生智慧深不可测，真不算过分。三十多年来，他那些高妙的营销策划和创作点子往往像朝阳喷薄而出，在我等目瞪口呆尚未回过神来之时，他已经自我删除，又酝酿另一场更壮丽的日出了。我经常叹息，这么好的创意绚烂如焰火，可惜惊艳过后便沉入夜空。如果有好的团队承接不知要造就多少千万富翁和名家。

但这就是封仪，人家的智慧似乎取之不尽，人家挥霍得起！

最重要的当然是精彩跌宕的人生终于让封仪成了作家。封仪的际遇，本身即是传奇，穿越了中国当代最激情燃烧的岁月：文化大革命、知青上山下乡、恢复高考上大学、勇闯海南特区、下海经商大潮等等。对普通人而言，遇上了是不幸，对想当作家的人，遇上了是幸运。当家国的阵痛与重生，人生的苦难与欢乐集于一身时，你只要用质朴纯真的文字不加掩饰地把它们表现出来，就水到渠成了。

封仪不会满足于当了作家，正如他不满足于已经有的双位数的什么"家"一样。你永远不知道明天日出的时候，他又要对你说什么，你要么等着惊喜，要么等着惊吓。

我确信这位中国的浮士德见到何等美丽的风景也不会停下。

孙绍先

01

刚刚看完电影《老炮儿》，便收到大学时代睡在"头顶头"的上铺兄弟李凡发来的文章《无龄感时代》。

六爷，就是在无龄感状态下，完成了一件当年老炮儿该干的英雄壮举。

本来是充满期待，甚至带着点儿朝圣的心情走进电影院的，看完后才发现，电影并没有带给我太多的激动。

时代变了，玩法并没有太多变化，人们在意的、追求的还是那份儿"被尊重"。

这是一部小混混绝对无法理解的片子，是一个老炮儿行将告别，而且必须要退出历史舞台的最后一次展演。

六爷老了，老炮儿老了。

无龄感毕竟只是一种感觉，没办法让我们真正能做到跟年轻人一般生猛、年轻!

招法、雄心虽在,可老胳膊老腿的总是让人心有余……

古惑仔、小混混不是老炮儿,老炮儿在某种程度上是正义的化身,尽管他们时不时也喜欢舞刀弄枪,但他们骨子里就看不起那些小混混,他们的自我意识里是一份担当。

当年的老炮在海口最显眼的位置、东湖过街天桥上挂一招牌:

有困难找我!

因为他自我感觉无所不能,当今世界上没什么事儿自己搞不定,自己是精英、达人。自己有地位有身份,不这样做就不足以拯救世界。

直到有一天,政府摘了他的牌子,甚至撵得他满世界跑路,他才意识到自己也不过就是个小混混。

面对政府,你身边纵有再多兄弟也是不堪一击。其实,你什么都不是!

还想帮别人排忧解难?你早已经深陷困境而不能自救!

那份无奈,有点儿像冰面上拄刀驻足的六爷。

一晃,二十几年过去了,冯小刚推出《老炮儿》开始了"青春祭",人们才恍然大悟:

这是一个老炮儿开始怀旧的时代,故事中的流年往事已经一去不返了。

老炮儿们今天也常有感觉委屈的时候,甚至冲动到很想再回到当年,再做一把坏人……

当年的老炮儿都已经成为老人家了!

这些略显"老态龙钟"的老人家虽然老了,干不了活儿了,可终究还是好过那些废了的人:

死的、被关着的、吸毒的。

一阵阵冲动过后再想到的就是做坏人的代价，老炮儿们特别忌惮痛恨的就是天眼、监控探头：

会不会被发现被抓？

日子过得舒服了，大多老炮儿已经失去了当年特别值得炫耀的那份胆量。

老炮儿们开始懂法、守法了，时代进步了。

老炮儿们心里酸酸的，江湖上留下的也只是自己的传说，没有人再用当年那种艳羡的眼神，看今天已经过了气的大哥。

好在这是个法制社会，很多时候政府还是可以帮人们伸张正义的。老炮儿们依然有很多公检法系统的好兄弟。

在行将过去的 2015 年最后一天看电影《老炮儿》，我觉得还是蛮有意义，蛮感慨的。

边看电影边思索：

难道这是对过去岁月的祭奠？还是跟旧的岁月在道别？

新的一年要开始新的生活，这个时代不再需要老炮儿，老炮儿必然是要退出历史舞台的！

2016 年的第一天来了。

一元复始，万象更新。望着雾霾已然散去的天空，油然而生一丝感慨：

别了，二十几年难忘的青葱岁月；

别了，曾经荒唐的老炮儿人生！

02

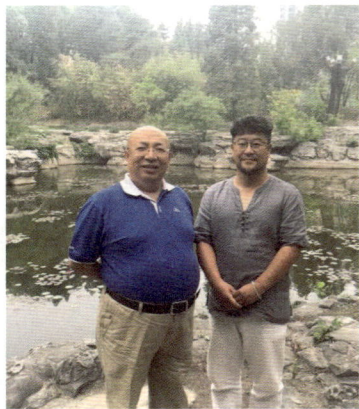

　　1987 年 11 月 24 日，我登上了广州开往海口的轮船。这源于 10 月 3 日《光明日报》头版头条上的一篇文章：

　　《海南向全国招贤纳士》。

　　一直处于亢奋状态下的我，早早起来，迎着徐徐的海风，站在甲板上，望着海面上冉冉升起的太阳，情不自禁地唱起了刚刚学会的歌：

　　我问过海上的云，也问过天边晚霞，何处是大海的边缘，哪里是天之涯……

　　身边的人越来越多，好奇地看着唱歌跑调依然不管不顾、大声唱着的我。

　　一位 20 出头的小伙子走了过来，问了一句显得特别多余的话：

　　大哥也去海南？

我笑了。

我特别清楚，既然上了这条船，我就没打算中途跳下去，只有勇往直前一条路了，前方就是海南！

小伙子是沈阳人，鲁美雕塑系毕业。一路上聊了很多，很快，我们就成为了好朋友。

那时候虽然靠工资生活，但我长期在外做翻译，一天60元的翻译费，自己能拿到18元（那时候月工资才50多元），小日子过得自然很滋润。

从知道自己的档案里污点还在的时候起，我就下定了辞职的决心。

我知道，如果留在体制内，到老了，我也没有当官出头的机会，哪怕是个副科长都绝无可能，这绝对不是我要的结果！

人生不能刚刚开始就已经知道了结局！

到海口了。

海口比我想象中要好多了，路上没看见蛇不说，竟然还有楼房！

我在南渔酒店开了一个标准间，6元钱，自然带上了船上结识的好朋友、辽宁老乡陈怀铮。

到海口的第二天，我换上了一件西装，拎起当年还算时髦的经理包，镜子前扎上领带，要出去谈合作项目了。

没错，我不是去找工作，而是谈合作。

当时的海口，满大街的眼镜片闪烁着，满大街的大学生徒劳地奔走着。工作岗位本来就不多，一下子涌来了这么多大学生……

很多单位甚至小破门面前都贴着一张纸：

人才莫入！

我捕捉到了一个信息，有一家三星级酒店要开业了，叫望海国际大酒店。

我敲开了董事长老连瑞的房门，办公桌后的老总很不耐烦地问：

干什么？

跟您谈个合作项目。

什么项目？

我可以坐下吗？

他用下颚回答了我。

我把准备好的台词慢慢地说了出来，大意就是海南建省会有大量的外国人来，自然需要大量的翻译人才，而我们如果组建一家翻译公司……

我得到了一间两居室房子的使用权，被聘为翻译部经理，并被授命招兵买马。

当晚上再次回到南渔酒店时，老乡陈怀铮眼睛已经瞪得老大，他万万没想到我竟然一天搞定不说，还招了两个兵！

晚上，我以经理的身份，自掏腰包宴请了我聘用的头两个兵：

四川外语学院的英语老师赵勇，和四川乒乓球冠军本来准备出国的英语非常好的曾努。

我得打马还山了，我得回去搬家了。

这几天，我也见识了老乡陈怀铮的本事，拿块泥巴，三捏吧两捏吧就是一个漂亮的园林景观！所以，当他提出想借点儿路费时，我毫不犹豫地就借给了他 500 元。

他是人才，我欣赏人才！

前些天，风仪坊座机接到了一个电话，小董接的。对方要我的电话号码。小董警惕地说我没记住他的号码，要不你留个号码……

才子现身了。我曾多次百度雕塑家陈怀铮，无果。

我想他一定是出国了。

他出家了一段时间后，因凡心未泯，六根未净，20年前娶了彝族美女后，双双隐居西双版纳的大山里了。

一天，两口子到一名为凤仪寺的庙上进香，一见凤仪，猛然就想起了当年的那笔债……

一通百度后，竟然发现名为吕良彪的律师博客中的一篇文章，文章中的名字虽然是封仪，可打开照片一看，当年的封义无疑！

昨天早晨，两口子风尘仆仆地来了……

这是我们哥俩28年后的第一次见面！

昨晚上，当年海口的政法委书记刘竹林大哥正好也在，几位好哥们不禁又是一通回忆慨叹，一通小酒。

当年叱咤海口的刘大哥也已经七十了，虽仍有千里之志……

回忆起当年闯海，仍恍如隔日。

海南给了我太多的记忆，太多的机遇。不管什么时候，我都把去海南，当作是回家，我爱海南！

03

昨天中午，在朋友圈发了几张摆拍的习武照片，好家伙，一时间点赞、留言竟潮水般涌来，一下子反倒令我有点儿尴尬了。

童年开始习武，确实给我带来了太多的益处，不单是身体健康，同时，还培养了我的自信和胆量。

闯海最初的几年，海南确实有些乱，可我从来都没有过怕的概念，因为我心里清楚，胳膊腿儿如此灵活的我，就是捡砖头也比一般人能快上那么几秒。

这次回海口，巧遇了当年我们公司的保安队指导员和当年一位公司公安口的朋友，谈起了当年我们的所作所为，老哥仨是一片唏嘘感叹，不禁感慨万千。

1990年我们公司的保安就有300余人了，公司的老板是一极其聪明的人精，同时，也是一个猖狂到了一定程度的疯子。

当年若有福布斯富豪榜，他在中国应该能排进前十。

我们公司是海南第一家动工地产、第一家做局公司加农户把农民的土地圈进来、第一家买飞机、第一家开始炒作股票、第一家在深交所上市的企业。

那时候这位老板一旦出行，必是十几个保安摩托车开道，但凡有人对他稍有不敬，保安便会一哄而上，管你年老年轻。

他提出的口号是知识分子流氓化，流氓要知识化。

他跟禹作敏很像，不同的只是他从监狱里面活着出来了。

当年我被聘进公司前，已经开始带兄弟了，社会上已经有些小名气。一进公司，就组建了友好部，一个专门负责处理公司对外事务的部门。

所谓友好部，就是用友好的手段，解决一切不友好的问题。

通俗点儿说吧，就是你对我不友好，我就打到你友好为止。

知识分子的流氓化很快就实现了，可要让一伙流氓完成另一化……

你信吗？

好在过去了这么多年，早就过了治安追诉期，敢说了。

那时候我是怎样一个疯狂啊？完全都不知道自己几斤几两，不知道自己是谁了：

敞篷带加强杠的切诺基212，没有车牌，给我开车的是海口资深一哥阿三，玩飞车的、胳膊上刺着大大的忍字，在昭告着他在江湖上的身份，我坐副驾驶。

后排是特警退役的龙哥，还有一肌肉男，今天在国内影视界小有名气的光哥，另外一个是杰哥。

人们自然是用封爷或者老大来称呼我了，因为，流氓化我来得太自然了。

即便是大雨天，我们的汽车音响仍然大声地放着麦当娜，满大街地乱跑乱窜。

路边的警察看到我们的车几乎都是头往边上一偏，对我们，他们秉承着多一事不如少一事的原则。

套用一句老歌词吧，不做大哥好多年后，才懂得原来人活着不需天天提心吊胆，原来人可以活得如此心安！

那时候不单是公安盯着我，就连海口的几大帮派，辽宁的杨胡子、江西的曹哥、云南的乔哥、当地的海哥、南哥等，原本都是好兄弟，可因为我太招摇了，出尽了风头，任谁都想一有机会就打掉我。打掉我可以迅速扬名立万。

招摇到什么程度，东湖过街天桥有一横幅大广告：

有困难找我！

广告留的座机号码是我的。

那时候最怕的就是半夜 BB 机响，一响马上就得起身，也不管是企业家大厦的老史，还是海口宾馆的老拜，抑或是华侨宾馆的刘平平啊还是六合的钟颖。

BB 机就是命令，拿人钱财与人消灾嘛。

不过，话说回来了，我们也是该处理的都被处理过了，该法办的也被法办了……

大作家马原初到海南就要写我，可我一看他的写作风格，天哪，万万不可呀，他出书之日一定就是我进去之时呀！

咋扯到这儿了，想起来了，话题是从胆量扯起来的，那就接着说胆量。

今天我的胆量嘛，比老鼠胆大不了多少，但凡有一点儿风险我都会回避，就连飞机都是能不坐就不坐。

闯海，一晃过去 28 年了，我这些年最本质的变化应该说是今天的我，已经完全成为了一个知书明理、特别守法的人了。

当然了，如今的社会，你敢不守法也不行，你不守法，它就一定会打到你守法为止。

04

昨天，一个极其偶然的机缘让我来到了海口白沙门公园，白沙门周边的一切，已经变得面目全非了。

1988 年的白沙门附近还有一片垃圾场。

一到夏天，每个周日我都要骑着单车，前面坐着刚刚两岁的女儿封帆，后座载着她妈妈去白沙门赶海。

那时候，下海不用走多远，只要脚下踩到有些发硬的东西，你蹲下用手抓起来，就是一个蛏子王大小的剪刀贝。

一个小时捡个十斤八斤的是相当轻松的事儿。

剪刀贝里有一块小石头，摘掉就可以炒着吃或包饺子了。

味道很鲜美！

第一次去赶海，我就想到了小说《渔岛怒潮》的开篇部分：

那个大陆来的小男孩儿，捡着潮水冲上来的小鱼小虾……

当年的生活虽然说不上富裕却也相当滋润。

当然，白沙门还有我另外一个回忆。

当年，来自重庆的一个女翻译叫徐义文。一天傍晚，我突然接到了她的一个电话，她哭着跟我叙说了她刚刚的遭遇：

坐出租回家途中，出租司机突然要起了流氓，先是问打炮不，接下来又动手动脚，并将她的裙子撕了一个口子。

兄弟们有活干了。

约一个小时后，几个兄弟就坐着这辆"肇事车辆"来到了白沙门，和等在那里的我们汇合了。

当时，阿三一口咬定是他的媳妇儿遭到了司机的调戏，一顿暴打仍觉得不过瘾，他就喊：

疯狗，砸车。

司机的一句话叫停了大家：

我赔你们钱！

啥叫无法无天？我们竟然大摇大摆跟着司机回家取了3000元"罚款"。

据传，在接下来那一段时间，海口有很多女孩都陆续遭到了调戏，很多司机都接连遭遇了"罚款"。

直到有一天，一个钟姓的刑警队长跟我说：

你知道不知道，最近有一伙人专门下钩子劫出租……

还真不知道，竟有这种事儿？

他瞪着眼睛看着我，冷笑了两声：

我们准备打掉这个团伙。

警察的威慑力是很大的，据说那伙人很快就放下了屠刀。

这里必须要说一句的是，那时候的出租司机素质也忒低了！

几乎是只要见是单身女孩儿坐车，就都要问那句：

打炮不？

你说那不是欠揍是什么？

插曲一：

一次赶海时，一家人往岸上走，水很浅，封帆妈妈走在前，我身后跟着女儿封帆。走了几步我下意识地回头一看，封帆没了！再低头往水面上一看，闺女整个人沉在水底，好像正在练仰泳呢，我一把把她捞了出来！

结果你们肯定都知道，还活着。

插曲二：

一次，一位朋友为了答谢我，请我吃饭，进饭店时遇见了两个小流氓碰瓷，愣是说我踩到他的皮鞋了。

他那双皮鞋是花一千多元买的。

我一点儿也没生气，我跟他慢条斯理地说，我是来海南看我一老乡的，我老乡是东北人，叫封义。

两个人嘀嘀咕咕低头说了几句，也没再跟我们说什么转身就走了。

那时候，封义的名字是可以拿来吓唬一般的小烂仔的。

许多年以后才明白，封义这个名字不好，从姓名学的角度来讲，封义是 22 画，主秋草逢霜。

加个单立人，变成了 24 画，24 画是个大吉大利的数。改名字后，我觉得很多事儿也开始变顺了。

我对封仪，很满意！

05

不记得是 1992 年年底还是 1993 年年初的事儿了，总之，那时候我已经挣到钱了。

有一天晚上，我正跟阿群在吃猪脚煲的时候，电话响了，来电话的是我新认下不久的妹夫：有个老板非要带阿霞出台。

什么意思？阿霞在哪？

当他说出在某夜总会时我大吃一惊：谁让她去那的？

知道她为了多挣点钱，在那做公主式的服务员，我心情还好点儿，起身赶紧跟阿群奔夜总会去了。

一进夜总会就看见滚动的字幕上写着欢迎沈董事长莅临某夜总会。

认下阿霞妹妹还有一个小插曲。北京的朋友，就是我认下的这个妹夫，有一次请我帮忙后，邀我到一个叫做南航什么的小饭店吃饭，当晚的服务员是阿霞。

阿霞是属于特别讨人喜欢的那种，她的言谈举止会让你感觉很舒服，人又长得特别文静漂亮，一遇见这样的人我话就多，话一多，兄弟们就竭力地想为我们撮合。

我根本就没有注意到北京这位朋友脸上有什么不对劲，直到快吃完饭，他悄悄对我说阿霞是他女朋友时，我才发现他的脸色很难堪。

当时，我就更难堪了！

阿霞依然不懂事似的傻乎乎在一边笑。

阿霞，他是你男朋友吗？

阿霞点点头。

你准备嫁给他吗？

阿霞又点点头。

我对坐在旁边的阿三说，再拿瓶酒，我今天要认阿霞做妹妹，我顺便再认个妹夫吧。

席间我又给这个妹夫规定了几条注意事项，大致就是不可以欺负我妹妹啥的，逢场作戏而已，也是给自己找个台阶下。

谁知道这个妹夫，这次还真把我当大舅子求助了。

我直奔那个包房就过去了，还没等到跟前，就被一个穿武警服装的人用胳膊拦下来了。

我刚要冲他喊，一个认识我的领班附在我耳边说：

里面是沈总，封哥你别惹他。

我想起来进门时的滚动字幕，领班已经拉着我向他们的办公室走了过去。

进退两难了，我有些下不了台了，这要让阿霞知道了我得多没有面子。领班的话令我十分开心：封哥，我把沈总请来，就说您特别想认识他。

三个人进来了，我起身直奔一个胖子伸出了手。胖子退后一步。左手一指前面的矮个子：这是我们沈董事长。

又丢人了！

沈董事长根本没有握我的手，一屁股就坐下了：找我什么事儿？

我还没有把大意说完，他就甩过来一句：想装大尾巴狼啊？

阿群可不管这个，边骂着边往前冲：你他妈会不会说话？

人再一次被挡下来了，那个武警手里拿着一把枪。

我壮着胆子对那个武警说：

你信不信我可以让杨寿华开了你？

你认识杨总队？

沈总开始正视我的存在了。

是我大哥。

敢问在哪儿高就啊？

琼民源封义。

刚说完，就见那武警已经附耳跟沈总低声说了起来，我放心了，这个武警一定听说过我。那时候，封义的名字还是很有作用的。

沈总微笑着站了起来，边伸手边说：

封哥呀？误会误会，你这个面子我还真不给你了。咱们这就走，你妹妹还必须得去，你带上你妹妹，我请客，咱们去泰华吃夜宵去。

那天，我们吃到很晚，阿霞小鸟依人般坐在我身边，我心里的滋味是五味杂陈！

席间，我们提到了很多共同的朋友，记得沈总还提出让我跟他干，被我委婉地拒绝了，因为那时候我觉得自己特别有钱，那时候的状态嘛，都没把李嘉诚放在眼里！

啥叫迷失，就是自己把自己丢了呗！

沈总就迷失得更深了，好像还没出一年，他就被押上了刑场。

沈总大名叫沈太福。

感谢大家在如此寒冷的早晨，专程赶来为我的爱妻郭慧珍送行。

通往天堂的路上，不应该听到哭声，泪水会打湿通往天堂的路。还是请大家跟我一起颂声佛号来为她送行吧：阿弥陀佛。

永远忘不了那个县级小站。车窗外，一个超凡脱俗的女孩向我跑来，边跑边将手中的包儿递给我：

师傅，麻烦您帮我占个座好吗？

我把她的包儿放在了我的对面。

她上车后，我们聊了好长时间。也许是刚吃过午饭的原因吧，我一度闭上眼睛打了个盹。

突然，耳边传来了一声：阿婆，您在打什么？

我一下子睁开双眼，看见她正在和坐在她身边织毛衣的阿姨聊天。

那时候，我突然有个感觉：她就是我老婆！

接下来的事儿，很多小说中都有过描写，我就不再赘述了。

二十几年后，从孩子们的闲谈中知道，她妈妈曾三番五次嘱咐她们：千万不要相信一见钟情！

我知道，我不是一个好老公。

九个月前，医生放弃了对她的治疗：转移到全身了，准备准备吧！

老婆把我和孩子们叫到床头，开始立遗嘱。

立完遗嘱后她又说了一句话，这句话，恐怕我这辈子都无法忘记了：嫁给你我不后悔，下辈子我还做你的女人。

那一瞬间，眼泪愣是让我给憋了回去，我看着她摇了摇头：不要，要是真有下辈子，我就做一回你的女人，也让你有机会折磨我一回！

一天下午，我正在风仪坊接待客人，突然接到了老婆从医院打来的电话，让我赶紧来医院。我跟客人打了个招呼便赶往医院。

一进病房，看见老婆倚在床头笑眯眯地看着我，她冲着有些发愣的我说：我想好了，下辈子我也不做你的女人，你也别做我的女人，我们俩一起修佛吧！

在她最后的九个月，她一直住在家里，照顾她的两个阿姨说她从来不肯使用杜冷丁。我劝她，疼了一定要用！她永远是那句话：我知道你最讨厌毒品，我要给孩子们做个榜样。

她贤惠、善良、勇敢、坚强，确实堪称孩子们的榜样！

一切，都成为了过去、成为了记忆。最后，让我说一句：郭慧珍、慧珍、珍珍、老婆、老太太，天堂路，一路走好！

阿弥陀佛！

这是我在送别会上的送别词。

我的大学同学三亚副市长李柏青也发来了悼词，由内弟郭君代为在送别会上宣读了。

真正的闯海人
——悼封嫂慧珍

夜归家中，传来封仪夫人仙逝噩耗，几经周折，反复确认，慧珍确已驾鹤西去，唏嘘不已！封嫂慧珍生自江西，自有王虹微信中描绘的温柔、贤惠和优雅，更有常人不可想象的坚韧、宽容和慈悲。

记得我初登琼岛谋职，几近流落之时，满目迷茫，满怀不安，身无居所！只有到唯一老同学封仪家中做客，蹭吃蹭喝！最难忘慧珍营造的家的温暖，那时封仪携慧珍和才两岁的小封帆偕女勇闯海南，成为第一批全家动员闯海人！

当时大家都在动荡不安中，包括误闯海南、客居海口的王虹，以及流浪师兄郭继良都是常客，同学情加亲情，日久弥深。连慧珍的两个优秀弟弟都成为二十几年兄弟！难忘那个岁月！

一晃28年过去了，想不到，一向虔诚礼佛的慧珍这么快驾鹤西去……愿她的智慧和修行带给她彼岸无限的自在和安乐！

节前腊月二十，刚刚和封仪及一大批近30年前闯海人聚会于海口，回忆我们共同的艰苦岁月，感叹人生不易，感恩时光造就，感谢贵人相助。闯海人的点滴成就和些许辉煌都是用血汗，泪水和勇气成就的！

慧珍不仅是封嫂，不仅是亲友，不仅是贤妻，不仅是良母，更是人生伟大的闯海人！愿她顺利闯过人生苦海，在彼岸安息！

李柏青

好友孙绍先也写了一篇追思文章：

2016 年 2 月 18 日晨，空客 321 在雾雨迷蒙的人间艰难起飞。一阵剧烈的抖动之后，飞机冲破云层，刹那间天界一片光明，贤嫂慧珍的音容笑貌浮现在云端。

24 年前，我初到海南，在甸花新村门口受到了慧珍嫂燃放鞭炮的热烈欢迎，这是我第一次也是唯一一次受到如此隆重亲切的接待。

震动之余，就此结识了美丽大方贤惠优雅的慧珍嫂。此后，由于调入的学校迟迟未安排住房，我携幼子在慧珍嫂家一住就是两个月。而此期间，慧珍嫂家还有母亲弟弟亲友多人居住。我内心十分不安，而慧珍嫂在我搬出的时候，她的笑容依然如初见时一般灿烂。

这个家，几乎每天都有朋友借住、就餐，最多时曾有 14 个人同时借住。我想，正是慧珍嫂贤惠包容友善的胸怀，成全了封仪广交天下朋友的美名。

这位长久隐忍于封仪光芒之后的女性，此时必定已化身佛陀，继续护佑亲朋众生。我心里默念：慧珍嫂，如你所愿，一路走好！

阿弥陀佛

绍先思于云端

07

世上真有太多、太多不可思议的事儿了！

我这两天就赶上了两件儿。

昨天晚上，儿子小虎将他妈妈的遗像送到了他妈妈生前指定的寺院安放。

他妈妈生前就说，百年后要在那个寺院听经。

昨晚上，好兄弟佟刚一路陪着儿子把他妈妈的遗像送到了寺院。

可就在昨天夜里，我做了个奇怪的梦：

梦见我来到一个陌生的场合，突然听见屋里有种怪异的声音传来。我进屋四下里看了一圈，什么也没有。

声音再次传来，我一把拉开衣柜，发现小虎的妈妈，竟然被绑在柜子里，吊在柜子上，左腿无力地耷拉在空中！

我边喊来人啊，边伸出右腿向上托起他妈妈垂在半空的腿……一下子便惊醒了。

醒来一看，2:45。

上午封帆跟小朱来风仪坊，我说起这件事儿，并随手操起手机拨打佟刚的电话，一边对封帆说：

寺院可别把你妈的照片放在柜子里呀！

佟刚撂下我的电话后，马上就跟寺院的住持通电话，并马上给我回了电话：

哥，住持说昨晚上没来得及挂照片，他正要把嫂子照片从柜子里拿出来呢。

此乃一奇。

小虎他妈妈还在的时候，封帆建了个"一家人"的微信小圈，五口人都在。中午我对封帆说：

可以把你妈妈移出圈子了。

下午我在圈里问她，怎么还没有移出去呢？

早就移出去啦。

并随手发了只剩下我们四人的截图。

怎么我这儿手机里你妈妈的照片还在呀？

小女杉杉发来一句话：

老爸，是你的手机太慢了。我的手机里也只剩下咱们四人了。

我知道，我的手机绝不会太慢！追时髦手机是我多年的爱好了。

我关了开、开了关，折腾了几个回合，可我手机里的"一家人"圈里的显示：

永远有他妈妈的照片在！

我明白，她是跟定我了。

用小女杉杉的话说:

"那就在呗,不也挺好的吗。"

是呀,仍然能时不时地看见她美丽的微笑,真的挺好的!

08

1994 年，我让好友孙绍先写了 20 集的电视系列剧《骗术档案》剧本，最初的想法是找我们初中全班同学来客串，玩一把电视，过把瘾。

谁知道，锦州市委的组织部长赵国强找到了锦州电视台的台长赵振新，一餐饭后，还没等我明白过来，我们两家就开始合作了。

当时的小老弟郭维国还给我介绍了一个省话剧团的演员，说这个人不单能演还是个导演的料子。

有一天中午，我们在北门口的一个饭店里坐了下来。

席间，该演员谈了很多电视剧的注意事项，确实经验丰富，令我受益匪浅。

也许是喝了点酒的缘故吧，这个人接下来说的话，就越来越离谱了。总之是废话越来越多，越来越不着调，好像他应该是听别人说过我如何如何风流吧，竟然当着那么多人的面来了一句：封哥，这个片子我来帮你导，我保证，你看上哪个我就让你玩哪个！

我不记得我当时说了什么，总之，我起身就离开了，再没有回来。以至于那一餐是谁买的单，我都不知道。

我承认，我很风流，属于那种泡妞无数的人，但我并不下流，更不想通过拍电视剧来满足这一极其简单便可解决的小问题。

我觉得他侮辱了我。

他忘记了我是从海南回来的人，海南最不缺的就是女人，吹句牛吧，那时候，海南有太多太多的好女人、漂亮女人，都想能够有机会做一把封哥的女人。我又何必需要如此下作？！

要知道，那是一个英雄辈出的时代，那时候，人们还在盲目地崇拜着英雄。

再吹句牛吧，20年前，我们混海南的这些老炮儿就已经懂得从脚上读女人了！

在海口，与几位闯海大佬餐后闲聊，不知道谁提到了时任海南省人民银行的谷副行长。

名字耳边掠过的瞬间，一下子就掀开了我一段早已尘封多年的记忆。

1991年年底，琼民源的马玉和把我叫到七楼，拿出造币厂印制的带水印的股权证给我看：

你朋友里有钱人多，过几天，你就开始卖咱们的股票吧。

就在马玉和要发行股票的不久之前吧，科技厅刘须钦厅长曾问过我：

陈宇光发股票你不买点？

多少钱？

你买多少就多少钱呗。

当时陈宇光、刘厅长还有董良阁等"六君子"——苏力克、王昌然、刘竹林、郝敬舫、管大校，我们一有空就在一起玩麻将、钓鱼，关系一直不错。

那时候朋友较多，加之所谓的"江湖地位"我还是蛮高的，基本上什么大件东西都是朋友送给我的，BB机呀、大哥大呀、空调啊、照相机，等等。

一听说还要花钱买……

我当时就象征性地买了1000股。

谁知道没过半个月，很多人都在问我要买陈宇光的股票。

我记得当时我把这1000股卖给了我的一位好朋友，好像是邓新达大哥，我还赚了他1000块钱！

我闻到钱味儿离我越来越近了。

马玉和设计的股权证相当牛×，股权证持有者的名字、身份证号，旁边还印有受让者的名字、身份证号一栏。

就是说，股票还没有上市，只要你受让人处不写名字，股权证就可以炒作无数轮的。

第一天，以1.5元的"开盘价"卖了50万股。

有个小插曲，一女翻译中午刚刚花3000元买回去2000股，一听说将来换股票时还要再交2000元，后悔了，来我这儿退股来了。

武英正好在办公室埋怨我没有告诉他，不够意思云云，一看还有人来退，立马从兜里掏出3400元就买了过来。

女翻译半天赚了400元还没明白钱是怎么赚的。

第二天，1.7元我又卖出去50万股。第三天，一下子就涨到2.5元一股了。

络绎不绝的人来了：

辛建国是让保安抬着麻袋来的；

一个土头土脑的家伙来了，买了 300 万股，走后没多久深圳来的人就多了，来的第一句话基本都是：

听说朱焕良买了 300 万元？

是的，这个朱焕良就是很多书里写到的深发展董事，书中称作冯大鳄的人。

很快我们就成为了好朋友，后来还跟着他做了几支股票，收益不错。

再后来，郑百文事发之后，听说他带着十几个亿，开着"大飞"去了香港。

发行股票的第一天，我就以 1.5 元的价格卖给我的老乡高岭 10 万股。

没错，这个高岭就是辽国发的高岭，327 国债的始作俑者。

他的对手是刘汉、魏东、袁宝璟、周正毅。

他们这些人的结局都不太好。

徐锦川当年曾经跟高岭干过几年，一直想看关在锦州监狱十六监区的高岭而未果。

好在我有个当副书记的小侄儿，陪着我俩见了他。

高岭虽然长期游走于美国和中国之间，但对我这些年的情况好像了如指掌，很快就进入主题：

高岭提出让我给他干一年，开出的价码是九位数。

我看到了我那个当副书记的大侄儿已经把双手放到了身后。

其实，我的手也在身后数着。可能只有徐锦川对数字不敏感，一双眼睛一直就没离开过高岭手中的沟帮子烧鸡。

高岭价码开得太高了，要是说一年给我七位数，保不齐我现在正为他东奔西走呢……

发股票的马玉和，在这儿，我就不多说了，想来大家都知道他，《中国证券法》出台后处理的第一个人。

我正在写他，采访的是曾经跟着他打拼过的一批人。我要记录的是大家眼中真实的马玉和。

我保证书会相当的精彩！

该说谷行长了，省人民银行的告示贴进了我的办公室，一句话：

我们发行的股票是违法的。

我傻了，大量的朋友买了我的股票，太多的朋友们跟进来了！

天塌了。

好在，咱聪明。

我很快就针对谷行长做出了一个行动计划。

邓新达、邱树荣、黄炜东、张野、阿三等一伙人"押"着我就闯进了谷行长的家。

正如《沙家浜》里的台词，是汉奸走狗一个劲儿地骂……

老爷子傻了，他哪见过这阵仗？

第二天，我的办公室贴了一张省人民银行的处理意见：

罚款 600 元。

那钱是我交的，我们的股票合法了！

那一段时间真叫一个疯狂！

那段时间，无论中午晚上，楼下都停着好几部准备接我去吃饭的车，车里永远也不缺歌唱得好听的靓妹。股票说卖多少钱就卖多少钱，以至于人们开玩笑般调侃着我：

封义笑一笑，股票跳一跳。

那时候我还没有改名封仪。

中国证券史上的三个大鳄，马玉和、高岭、朱焕良，曾经都是我的朋友，我自豪！

嗨，谷行长引出的故事暂告一段落吧，我也不再作书透。

我会在当年的朋友们都健在的情况下，一段段披露、揭秘我们过去的故事。

省得朋友们故去了，被人说所述有虚、所述不实，被人说成是吹牛 ×。

趁我们还活着，趁我们还年轻。

10

　　想起来特搞笑的一件事儿，就是公司举办《海南之歌》歌手大奖赛了。

　　那时候，公司想跟文体厅的裘之卓副厅长的关系再"近便"一点儿，便举办了这场大奖赛。

　　词作者冠军就没有什么悬念了，当然非裘厅长莫属。

　　本来，歌手冠军应该是我们公司的李玉祥，他的男低音好得不得了！

　　可能是奖金定得太高了吧，全国各地的明星纷纷现身，都奔那一等奖的 5000 元来了。

　　那时候，5000 元是钱，这是改革开放后歌唱比赛里面最高的奖金了！

　　新疆帅哥来了，李双江的亲学生，一路狂歌，夺冠而去。

看得我们都有些发傻，唱功确实超级棒，要是不给他冠军怕是不行了。

据传，这哥们回新疆没多久就把做播音员的老婆杀了。是不是因为赚着这笔"大钱"而起的贪念，尚无从考证。

有一插曲颇富喜剧性。

比赛结束后，公司招待参赛评委：尹寿石、张泉、谷建芬、吕远、李光曦、金铁霖、马俊英、王立平、凯传等去企业家大厦夜总会玩儿。

我出去接人，正撞见两个人因停车纠纷在围殴当时我的小弟黄杰。

我欲制止，没想到两个人竟气势汹汹地朝我走了过来。我只好手一伸：

行，你们牛！我怕打，服了你成不成？

边说话我边拨打了几个传呼电话。

两个人就站在边上，听到我接连打的几个电话，全是在往这儿调人，他俩你看看我，我看看你，赶紧回到楼内，应该是排兵布阵去了。

他们公司就在楼上，黑龙江人。

后来得知，他们马上就找了当时府城的大哥级人物海鸥。

海鸥是我的好兄弟，也就是在大赛之前没多少天的时候，海鸥刚刚砸了海府路上的海航酒店（此海航非今天的海航，那时候陈峰还尚未起步），而那个海航酒店是台湾人开的，据说是四海帮的一个堂口。

对方求助了公安与安全等诸多部门，就是想办海鸥。

海鸥的爷爷，当时在海南是个举足轻重的人物，亲自上门找我帮忙协调……

海鸥一听这两个黑龙江人介绍，再一听说打电话叫人来的人穿着背带裤，就知道是我了，他怎么可能会帮他们？

马玉和怕事情闹大误伤我们的嘉宾，第一时间调来二十几个保安。

嘉宾与保安插花而坐，一个嘉宾一个保安。

那场面颇为壮观，可多少还是显得有点儿不协调。

我一直在夜总会陪着评委们听歌，每隔一会儿就有人趴在我耳朵边上汇报一下楼上的进展：

跪着呢……答应赔 5000 元……

最后，对方承认打人错误，加上把我吓得不轻，赔了 1.5 万元的医疗费及精神损失费。

只有 6000 元现金。

第二天，我们拿着支票，到银行，大大方方地把剩余的 9000元钱取了回来。

那真是一个相当荒唐的流氓年代，特别荒唐的一伙人。

对了，1994 年我投资了一部 20 集的电视系列剧《骗术档案》，我请王立平老师作曲，王老师请李娜唱的主题歌。

片子虽然拍得烂了点儿，但作曲和演唱者，绝对是中国超一流的水平！

登岛的第二年，结识了一个那年头就有摄影机的大款！

他姓于，是妹夫邱树荣的好朋友，四川人，好像他爸是部队的。

他在火山口再往南去不远的村子里租了一片地，养鸡。

我们常去吃鸡和摘荔枝。

清楚地记得，一天夜里睡梦中他打来的电话：

某梅管我要 30 万元的分手费。

那才知道，也不知道是什么时候，他找了一个女朋友，并且给她开了个小歌厅。

当他提出分手时，对方竟提出了 30 万元的分手费。

某梅跟老于说，李南南要来谈这件事儿。

我随即电话哥们南南，问南南，某梅的事儿你管了？

李南南竟不知道某梅是谁。

李南南是海口第一任市长李金云的儿子，人非常仗义，活得相当潇洒，江湖上也很有地位。当年我还未带兄弟时，曾合法不合理地赚过一笔钱而被烂仔讨债，当时就是请南南帮忙化解的。

那时候每到周末，我们一帮人就开车去澄迈玩儿，唱歌跳舞喝酒搓麻将。

跟南南没有关系自然就好处理了。

我的兄弟们耐心地跟某梅做政治思想工作。当然还有，就是很实在地跟她介绍当下的国情，没有正事儿干的人很多，给钱，啥活他们都愿意接。

她很快接受了赔偿她5万元分手费的方案。

晚上老于再次打来电话。

我一进歌厅，一眼就看见某梅跟一武警，坐在歌厅稍稍靠里的地方在聊天，走近了认出，那个武警中校是我的朋友。

中校见我出现在这个小破歌厅，非常礼貌地找了个借口走开了。

说实话，我很不爽。

最后，我让老于只给她拿了3万元，爱咋的就咋的！

我派几个兄弟有礼貌地将她直接送到秀英港，让她离开海南岛，好像还是我兄弟帮她买的票。

我不喜欢朝三暮四、变来变去、反复无常的人。

今天想起来觉得有点儿荒唐，人家两口子的事儿我们有什么必要出来装大个？嫖娼还要给钱呢，何况做了他半年的老婆……

这个老于不知道今天在哪？毫无疑问，今天他应该是一个大企业家了。

今天的这篇文章，就权当是一则寻人启事吧，知道老于下落的人不妨告诉我。

荒唐的年代自然就会有很多荒唐的事儿！那时候，我还处理过一次类似事件。

有一位可爱的好哥们儿，当年好像是某副市长秘书。

一天，我见他独自一人在歌厅里垂头丧气地喝着闷酒，一问，方知是看上了台上白族女歌手，可人家不愿意搭理他。

我让人把歌手叫来陪他一起喝酒。

谁知道两人喝大发了，可能是用力过猛的原因吧，后来，这个女歌手非要逼他离婚娶她！

无论从哪个角度讲，这种破坏人家家庭的事儿我是绝不允许发生的！

同处理某梅的办法一样，派兄弟把她送出海南，临走前再宣布几条纪律。

再后来，这个聪明的秘书好像是给某部门工作了几年，一度当了几年国际盲流。

现在功成名就了，全身而退，自己亲自动手装修了一套别墅，买了一条破船，偶尔再雇上几个渔民，船上一躺，出海几天，能弄几条鱼是几条鱼，那不是目的是生活。

颐养天年的温暖生活，让这位国际盲流早已经忘了当初他生命中那位如胶似漆的白族女歌手，早已忘了颠沛流离的危险岁月。

现在的他，终日……女画家的床头，优哉游哉地享受着幸福的晚年生活……

羡慕死人了！

我一去海口，时不时地就去他家，走到一个围栏边上，亲手抓一只鸡出来。

这哥们儿小气，你要不自己动手，他就薅他家菜地里的青菜给你吃。

围栏上，哥们儿用毛笔写着一行字：

看啥看，我是鸡，不是小姐……

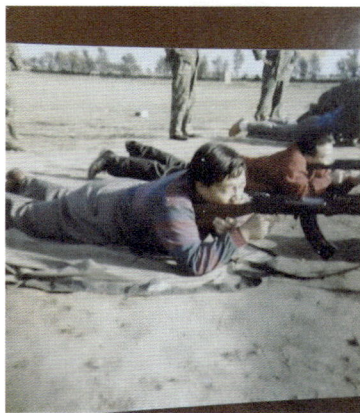

没想到这么多人关心高岭，看来，我有必要再说说高岭了。

高原高岭高山哥仨是锦州人，高原是最早到海南的。

高原夫妇到海南最初，在三亚开了个小饭店，据他们讲，生意是相当的不景气。

两口子吃个西瓜吧，也要合计半天。挑个小个的买回来，把饭店门关上，切开后经常出现的是：非生即娄。

高原是辽宁师范学院中文系毕业的，1981 年他们中文系办了个刊物来我们外语学院卖，刊物中有一篇推理小说《谋杀，在星期六晚上进行》，作者是高原。

N 年后我见到了高原，提及此事，本来想为大作家歌功几句，就见高原眼睛一瞪：

你骂谁是作家？你才作家呢！

高岭是大连工学院的肄业生。上学的时候就展露了经商的天赋。那时候大多数人还都在为四个现代化而认真读书之时，他已开始屡屡翘课，用几乎所有的时间，录制灵格风教材的录音带卖。

那时候录音带很贵也难买，这应该是高岭的第一桶金吧。

在大学读书期间，高岭就涉足影视圈，开始拍行业片了。

我知道他们给人民银行拍了十集的电视剧《带血的钞票》，银行给八万元，他们还能净挣三万多元。

高山毕业分到了《农民日报》，在此期间，他们拍了一部较为像样的电影《一地鸡毛》，当时刘震云和高山是同事。

高家兄弟真正的腾飞，是从炒琼民源的股票开始的。那一把，他们稳稳地赚了一大笔。

接下来，我们联手进军鞍山，把鞍山的一级半市场搅合了个臭莫烂够的，基本上算是取得了阶段性的胜利，我也跟着他们一起，得以混入了所谓的富人行列。

一段插曲：

我、高岭、杨立新、阿三，一次去定安地炮团打靶，说好了谁输谁请吃云龙野味。

报靶的眼睛瞪得老大过来了，几个人的成绩都比他们战士们平时的成绩好。

高岭是锦州射击队出来的，杨立新是警校毕业，阿三和我则几乎是海口陆海空警靶场的常客。

当然，那天请客的是杨立新，他最富有。

1995 年，他一度跟当时的海口枭雄瞎眼大哥合作做反季节蔬菜。直到瞎眼大哥在文华还是宝华酒店的地下停车场被枪杀，他的农业项目才告一段落。后来他去收购了三亚湾假日酒店，开始建了那一大片六合悦城养老地产。

高岭那时候特爱玩牌机，经常让兄弟们帮他去买已经拍到五万元的高分牌机，自己再来拍上一手两手。

据传，一次他刚回到上海，站在股市大盘前，问身边的、陪他一起进来的王棣：

爱使是洗衣机吗？

十分钟后，爱使疯涨。

他买啥啥疯涨，在人们眼里，他，就是股神。

1995 年我去沈阳见高原，想请他们帮我发行我拍的电视剧《骗术档案》，那时候他们做得已经非常大了，公司楼下停着十部加长林肯，对我，也已经不像在海南那样尊重了，我清楚地记得当时他说的一句话：

还按手玩儿呢？我们都开始玩儿口了！

在海南时，我的兄弟没少为他们排忧解难，高原的夫人在外面经常莫名其妙地就会跟人打起来，救火的，当然是我的兄弟们了。

那天中午，他们哥俩儿请我吃的老边饺子，我很不爽，他们明明知道我特别馋，竟连点时髦的海鲜都没上。

后来，我再也没有联系过他们。

"327"后，朱镕基总理当天就强行平仓了一半，说好月底协议平仓另一半。接着放出风要抓人，好像是故意给他们一家人留出告状的时间和出走的时间。

高原应该还在国外；高岭因为胆量太大，又是一个大孝子，频频回国看老人，行踪暴露后被抓，判了无期；二十几年来，高山杳无音信，怕是凶多吉少。

直到上次陪徐锦川去监狱里看高岭，那应该是老边饺子后同他的第一次见面。

高岭倒挺看好我，竟然开出一年九位数的天价想让我给他干一年。

价码太高反倒让我不敢接受了，15 年前我就不做事了，快六十了还要再去替别人做事打拼，我不想干。

我永远坚守我自己的底线，我只赚我伸手可以赚到的钱，但凡钱离我有一点距离，需要站起来才够得着，那样的钱我绝不去赚。

也许是进步了，也许是因为自己已经准备好了，越活越发现，今天这个时代，钱，还真是很容易赚的。

13

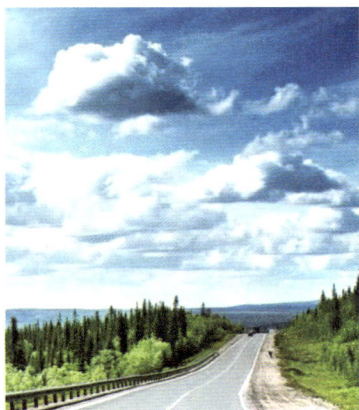

我是带着一万多元现金登岛的，那是我当年的所有积蓄。

在当时的同龄人中，我已经算是一个小富翁了。

初到海南，日子过得虽然算不上如何富裕，但确实是享受，其乐无穷。

一到周末，我们全家就去吃海南早茶，我们一家加上妹妹妹夫，经常是吃过的笼屉如小山般堆满一桌。

每周我们都会选择一个晚上去街边吃一次"人才饺子"，算是对落难的大学生表示一点儿心意。

人才饺子，顾名思义，是落难的人才们在街边卖的饺子。

人才饺子很贵，一小碗五个，五毛钱。

我记得有个叫于卫的大学生，记不得是哪里人了。一天，他推着一辆八成新的自行车，来到望海国际大酒店找到我：

封哥，我实在待不下去了，我要回家。这是我来时花 30 元买的自行车，你朋友多，看能不能帮我处理了……

几分钟前，住在望海国际大酒店、一个做磨料磨具的客人刚刚跟我说，他想买一辆二手自行车。

很快，100 元成交了。

我留住了于卫：

先别走，你帮我再买几部这样便宜的自行车。

于卫乐了。

望海国际大酒店真是个销售二手自行车的好地方。

海口交通不便，有一辆自行车就方便多了。有一段时间，每天我们都能卖出去几辆！

直到有一天，我发现他的自行车不是买的而是偷来的时候，我意识到了风险。万一……

我挑明，我不能再这样卖自行车了。后来于卫去了哪就不得而知了，但这门"生意"其实并没有停。

两辆自行车互换车座、车把，在当时，对我们来说是个有点儿复杂的技术难题。赶巧江西老单位来了个工程师，那家伙水平很高，他能把两辆买来的二手自行车，只用几分钟的时间就可以把座和车把互换过来，这样再推出去卖就安全多了，买卖做得更加有底气了。

我定了一条铁的纪律，只买二手车，自己绝不动手偷！

少赚点儿也不能被抓，即便被抓也顶多是个"不知情"销赃。

一段小插曲：

我大学时的班长郭纪良也来到了海南，他从我这借了一辆自行车，几天后就还给了我。毕业三十年同学聚会，我同学王宏告诉我：

当时，郭纪良把你的自行车弄丢了，没告诉你，管我借了200元钱，买了辆新车还给你的。

听到这里，我脑袋轰的一下：

郭纪良啊郭纪良，你让我说你啥好呢？！

他是我们同学中最早离开的一个，一个优秀的团干部，合格的班长，只是有点儿迂腐。

望海的住客，大多是来自全国各地来办公司的，都需要自行车，加之又常常被偷，这种恶性循环在海口一直持续了两年多。

我们家也先后丢了九辆自行车！这也算是对我的惩罚吧。

直到有一天夜里，急促的敲门声把我惊醒，一帮警察进来了。

我吓坏了！

好在跟自行车没有关系，原来是我老单位贵溪冶炼厂的一个工人杀了人，逃到了海口。

惊吓之余，瞬间明白了那个道理：

常在河边走，难免要湿鞋。

虽然是销赃，咱也不能再干了。

望海国际大酒店的很多客人，还是经常有人来问我，可否能帮他们买到二手自行车？

都被我斩钉截铁地回绝了，咱是正派人，违法的事儿，咱不干了。

14

　　还记得刚刚有点儿钱的时候，那段时间，人变得特别爱嘚瑟，生怕别人小瞧自己，整天变着法儿的要让人知道我是有钱人、老板！

　　一天，接到家乡师兄电视台陈大伟的电话，说他父亲第二天要和烟草局的局长到海口，能不能接一下飞机。

　　完蛋了！

　　因为要去万宁，早晨我特意起了个大早，晃晃悠悠地开上我刚买了几天的奥迪去接我的司机。

　　本来是想趁路上没人练练车，再加上路又不远……

　　过马路时，我撞上了空荡荡的马路上唯一一辆正通过的大货车。

　　我的车就地打了一个圈儿。

　　货车司机报了警，等警察的时候见有一辆出租车驶来，我上车就先离开了。

听后来帮我处理事故的朋友邓新达说，司机当时向警察是这样描述我的：

开车的是一个穿花衬衫的老头儿……

那可是1992年哪！你说他是啥眼神呀！

我这个气呀！

想到师兄大伟的所托，咱要是借车接人，要是让家乡朋友们知道了那得多没面子呀，咱可是有钱人啊！

好在他爸爸是下午到，上午第一件事儿就是去买车。到地方挑了一辆捷达就回来了，等一切手续办齐了，也就快到了接机时间了。

尽管忙得是不亦乐乎，但终究是开着自己的车去接的人，心里觉得踏实多了。

这份死要面子装掰的事儿，那时候还真没少干。

说白了吧，那时候咱就是一暴发户，内心相当空虚，生怕被别人瞧不起。这也许是性格决定的，也许是小时候穷怕了，终于有了点儿钱，不嘚瑟一下对不起自己呀。

当然，最最嘚瑟的事儿还属海台大厦的88号台，知道这段故事的人太多了，我就不多说了，不然会有人跟我急的。

那是一段与青葱岁月有关的故事，梦中忆起也会笑醒，难忘记啊！

今天，尽管我是如此讨厌嘚瑟，可是换个角度来看嘛，有时候，嘚瑟一下还真是值得的！

15

打开朋友圈，满屏的文章都在说妈妈，母亲节到了。

我也想起了我妈妈。

1991 年年底，我赚到了人生的第一桶金，我做的第一件事儿，就是匆匆赶回锦州，给妈妈买了一套好像还不到六十平米的新房子。

但也花掉了我第一桶金的一半左右，我爱我的妈妈。

妈妈快要过六十六大寿时，我偶然在一个小区楼上，看到侧墙面上写着 66 号楼，我买了给妈妈的第二套房，作为给妈妈的生日礼物送给了妈妈。

理由还是，我爱我的妈妈。

好像我还承诺过妈妈很多事，我还没有来得及兑现承诺，妈妈 1997 年就离我而去了……

妈妈一走，家，就变得不再像家了。

突然想起，妈妈走后，我就没在家里吃过一顿饭，每次回家都是接上老爸在外面吃。

我不喜欢保姆做的饭菜味道。

今天我最最爱吃的菜，还是妈妈给我做的溜肥肠，那是记忆中最美、最香的菜！

直到今天，我每个月都要管好兄弟佟刚要一箱子肥肠（60斤），你没看错，是每个月一箱！

真不是我小气买不起肥肠，一般屠宰场对肥肠的处理相当乱暴，相当的脏！我看过现场，想起来都……

佟刚要的肥肠，没有人会糊弄他，他的口碑极佳，在当地，他就是好人队队长。

朋友来风仪坊，我总是把溜肥肠推荐给他们：

来，尝尝我家的减肥菜！

妈妈还做过很多很多好吃的菜，但都没有溜肥肠给我留下的记忆深刻。以至于我经常拿酒店做的溜肥肠水平的高低，来定义它的档次。

恐怕这辈子我都离不开这道菜了，每每吃这道菜的时候，遇到做得好的，我总要说的一句话是：

嗯，不错，快赶上我妈的水平了！

今天是母亲节，我希望大家都能够在妈妈活着的时候，多多陪陪妈妈，尽快为妈妈做些该做的事儿，别等到你条件好了，可妈妈却不在了……

子欲养而亲不待，到时候你就悔之晚矣了。

年龄大了，去送别老友的次数越来越多了，看到人群中白帽子白带子哭哭啼啼的人群，我在内心总要问一句：

他（她）活着时，你们待他（她）怎样？

爱，是会传承的，你若不孝，将来你就别希望你会有知孝道的孩子！

看着母亲节跟妈妈打电话的人，我羡慕你们！

天堂离地球太远了，也不知道这十一度弦空间，什么时候能联上网？什么时候，我妈也能接听我从地球打过去的电话。

16

大学最初的三年，学校条件很差，我们一个寝室，横横竖竖地竟住了 18 个人。

睡在我下铺的兄弟是老崔——崔荣春，入日本籍后，更名为山佳荣春，也算是行不更名，坐不改姓了。

"崔"字保留原样，按日本竖着书写的习惯，把崔字上下拉长点儿，山佳依然是崔。

日本由此而生了一个新的姓氏，老崔功不可没。

老崔是兄长，朝鲜族人。人不单善良，还相当的包容。

记得我被学校"开除学籍留校察看一年"期间，他是为数不多还肯跟我接触的人之一。

那时候国家还包分配，谁也不敢得罪学校，得罪辅导员。学校都处分了的人你还理他？立场呢？作死的节奏啊！

那时候肯理我的人真的不多，我感激他们。

那时候家里很穷。刻骨铭心的一段糗事是这样的：

暑假期间去沈阳我二姥爷家，就跟老两口住在了他们家的火炕上。夏天，当然不用烧火了。可回到学校，总觉得浑身老是痒痒的。直到有一天，坐在我后座的一个小女生开玩笑般跟别人说：

Kinsuwa，siramide ippaidesu.

锦州到处都是虱子。

瞬间，我明白了何以老是感觉到瘙痒。

我悄悄地溜回宿舍，脱下衣服一看……

第二天早上，我早早起来，在药店买了两根药用粉笔，趁着同学们都去上课了，偷偷潜回宿舍，首先撩起了下铺兄弟老崔的被子是一通乱画……

当然，我也照顾到了今天可能还仍然全不知情的老弟，睡在我头对头方向的李凡。

本来，这种糗事早就发誓要深埋心底的，老崔来了，从日本回家探亲途经北京，就待一个晚上！

看着年满60岁的老兄，我这心里多少有点儿酸酸的，这老兄长得有点儿着急，我记忆中的老兄还是当年那个善良的小哥哥，可岁月真是不饶人呐……

大四的时候，我们搬到了新宿舍，6个人一个房间，本来应该是很幸福的一件事儿，可我反倒有一点点失落。

老崔跟我不在同一寝室了，不再是我的下铺。

再没有一起床，就可以问问题并能够回答我问题的人了，后半夜写篇自己很满意的作品也没人及时地与我分享了！

那时候自己是激情四射，尽管挨处分了依然是老写东西骗稿费。有时候后半夜刚刚写完，就捅醒下铺的老崔……

怀念那个时代，怀念那个既贫穷又频频出糗出错的……如歌的岁月？

我想起一句日本话：

Anohinotsumiga warawu.

大意……应该好像可能是：

所有的糗事错误哪怕是罪恶到头来都是一笑而过。

反正我也不会日语了，我就这么理解的，爱谁谁！

17

海南一下子涌来了近十万人，你想想，当时那么落后的海南怎么能招架得住。

大量的学生涌上街头，打着横幅、喊着口号：

我们要生存！我们要工作！

就在这样的氛围下，闯海人迎来了 1988 年的春节。

望海国际大酒店，除了李毅王五练坚他们演出队以外的所有闯海人，都来到我家过春节。

在那样艰难的条件下，我是为数不多拥有两室一厅的人。

我们准备了很多饺子，也准备了足够二十几人喝的啤酒，然而，毕竟是来的人太多了！

客人早已不局限于望海国际大酒店的人了。

一会儿来的是东北老乡，一会儿来的是谁的表兄表妹，一会儿来的是某某同学的同学……

酒，很快就被喝光了。人们并不在乎，没有酒喝有水也行！

唱歌的唱歌，跳舞的跳舞。

在众多朋友中，给我留下深刻印象的是跳霹雳舞的杨军、唱《雪绒花》的曾努、唱《昨日重现》的陶其斯，据说陶其斯后来改名为陶沙。

当然，还有望海国际大酒店的一个跳舞女孩用童声演绎的《走过咖啡屋》。

那是怎样一个难忘的春节呀！

杨军终于忍不住了，蹿到厨房一通乱翻，终于在灶台底下发现了一个啤酒瓶子，他迅速拔掉酒塞，咕嘟嘟就是一大口……

恐怕这辈子他都忘不了煤油的味道了。

那时候他在友谊宾馆，但总愿意来望海大酒店玩儿，究其原因，女朋友就在望海酒店的一个公司。

我见识了杨军的创意水平。

酒店的美术设计、广告宣传这块是一天津哥们王旭龙负责的。

那时候，望海国际大酒店的夜总会非常火，每天都有港台明星来演出，弄得王旭龙整天是手忙脚乱忙于画广告。

杨军看到累得疲惫不堪的王旭龙，撇了撇嘴：

还要画几张？你把纸给我都铺台子上吧！

就见杨军往盘子里倒满了墨汁，用两只手沾上墨汁，在纸上是不规则一通乱拍。

纸上印着张牙舞爪的手印，时间地点一添上，就是一幅幅有模有样的广告！

这就是创意呀！羡慕、佩服油然而生。

当从日本回来的老板冯的，让我介绍几个懂做广告的人，第一时间，我就推荐了当时的杨军"夫妇"。

至于他俩是不是夫妇我不知道，反正那时候他俩就住一起了。

杨军连续两年都是在我家过的春节。吃了我家无数的饺子，还喝了我家一大口煤油，这是他欠我的。

所以，当我被朋友第一次带进柳荫公园，发现这里的主人竟然是杨军时，我只轻描淡写地说了一句话：

你找个地儿搬走吧，我喜欢这儿。

这个地方就是今天柳荫公园湖心岛上的风仪坊。

跟他咱不用客气，他吃了我家两年的饺子，还差点儿把我们家的灯油给喝干了，他永远是欠我的。

说一段插曲：

有一次，他过来闲聊，我们从毕加索谈到油靳谈到范曾甚至谈到后现代主义，我正津津乐道地聊着我所知道的艺术时，突然见他站了起来，愣愣地看着我：

悲哀呀，真是悲哀，我竟然跟你谈了这么长时间的艺术？！真是堕落呀！

我也感到了悲哀，难道跟我就不能谈艺术？你不知道咱也是文化人吗？

我恨他！

要知道，在上大学期间，我还给自己多加了一个项目：背名画欣赏文章以培养自己的艺术欣赏力。可被他这么一说……我伤心啊。

杨军毕业于西安美术学院，毕业就留校了，用他的话说，如果他接受这份工作的话，那么，他已经知道未来是什么样子了，他不甘心，所以来闯海。

今天的杨军，已经是中国顶尖级的策划设计大师了，好像这么说也不够全面。这么说吧，他做项目的最大特点是能落地、能让老板都赚到钱。

当然，收费太高了。没办法，一分钱一分货嘛。

前两天，好朋友、道光的曹总让我设计一个风仪坊自己的酒标，好给我做点儿自己的酒。这事自然是要交给杨军来做。

可这小子竟然飞去海南，帮著名企业家蒋会成去库存去了，一下子又失踪好多天了。

杨军，我现在隔空传音，别说我没通知你啊，如果三天内你还不把商标给我设计好，我就到你家去，把你当年小小年纪就懂得跟人同居的事儿告诉你老婆！

你看着办吧！

阿龙，我当年的一个兄弟，北京人。

阿龙姓于，是某特种部队退役的兵，练大成拳的。

1989 年，他来闯海。

闯海期间，结识了琼民源公司里的四川才女某梅，很快，两个人共浴爱河。

今天起底的，是我当年做的一件欺负老实人的事儿。

想起来，都觉得无地自容。

一天夜里，某梅打来了电话，两人在商店买衣服，一言不合，对方竟喊来了一大帮人拳脚相向。

某梅愣是抱住了阿龙，怕阿龙一个人吃亏。虽挨了几下，终未吃大亏。

第二天，当我们的敞篷、带加强杠的 212 吉普车冲上马路牙子，直接停在他们商店门前时，对方被吓得态度已经很端正了，记得那好像是专营 Lee 的门店。

烟、茶、水果都摆好了。阿龙愤愤地问：

你们昨天不是说让我横着出去吗？！

没有人会打笑脸人的，看人家态度那么友好，咱还能说什么呢？

这件事儿我记得特别清楚，也许是觉得人家好欺负吧，我竟然变得特别无耻，今天想来都觉得有些过分，无地自容。

他们是卖牛仔服装的，我以"大哥"的口吻漫不经心地问老板：

老板，有没有我能穿的衣服啊？

老板稀里哗啦地拿出来好些套：

这些您都能穿。

多少钱？

您拿去穿就是了，需要了再来拿。

当时，我竟然厚颜无耻地说：

盛情难却啊，我要是不拿就是看不起你们。

本来我还想让黄杰拿衣服，谁知道，阿三早已扛起一堆衣服往回走了。

看起来没有摩擦，一伙人大大咧咧地带着战利品，上车走了。

今天回忆起来，这种流氓行径岂止是……简直就是明抢啊！

可当时，自己还分明觉得很得意很有面子！好像还吹了一阵子牛。

怪就怪那时候太年轻太猖狂，今天想起来仍觉得无地自容。

一个人想成为流氓太容易了，马玉和倡导的知识分子流氓化，没用几天我就做到了。简单得很，把良知揣兜里就行了。

依然清晰记得马玉和诠释民源公司的那六个字：

民为重，源水清。

今儿才发现，我们就是一伙伪君子，一个个说得比唱得还好听！

无疑，当时我是一个典型的伪君子。老板呢？

算了，不提也罢。

19

咱是文化人，自然追剧。

前些天用一周的时间恶补了一下电视剧《欢乐颂》，好看！看完总的感觉是蛮欢乐的。

安迪吗，自然属于所有男人都喜欢揽入怀中的那种类型，漂亮、聪明、单纯又有钱，是一个完美到家了或者说是完美到床边的女人。

偶尔听孩子们说起原作中的奇点，一中年男人，聪明，外观有些猥琐又略显肥胖，内心深处嘛，自然就希望这样的男人能够抱得美人归。

好奇害死猫啊！

就因为对周边发生的一切太过敏感好奇，已入怀中的女人……就差那么一哆嗦，瞬间离他而去，无缘床笫。

女儿琳琳回来，不经意间给我来了个剧透，知道那个横竖不齐、风流倜傥的包先生在第二季里得手了，很替奇点哥惋惜。

究其原因，我的骨子里可能是特别羡慕嫉妒恨包先生那种帅气十足，同时又特别有修养特别有钱的男人。

因为自卑吧，咱这长相还不如片中饰演奇点的祖峰一半呢，生活中即便有如此美丽优秀的安迪，恐怕跟自己也没有半毛钱的关系。

为了替自己增加点儿自信和给自己一个继续活下去的理由吧，本来还想起底一件很值得嘚瑟的往事，可今天想起来吧，那可能就是一次意外，一个不过被人"宠幸"了一把还自觉得意的事儿。

说到这儿，再停下来卖关子就没意思了。

事情的始末是这样的，一伙大明星来海口演出，我陪舞厅史总招待客人。席间，史总介绍我是保安部经理云云，后来知道，史总在我不在场时额外叮嘱了明星们一句：黑社会，别理他！

演出期间，一位当时已经是国内特别出名的女歌星屡屡请我跳舞，令我整整激动了一个晚上！

更意想不到的是第二天上午十点左右，BB 机响了，她呼我。

当时的司机还不是阿三，帮我开车的哥们听说她呼我，边开车边调侃：

封哥，看上你了吧？有戏呀。

有个屁戏！

嘴虽这么说着，可心里却好像有一丝莫名的期待，当然，也不知道在期待什么。

那天，我兜里有一百多元钱，鞋垫底下还藏着准备随时跑路用的 50 元备用金，请她吃顿牛腩饭还是相当富裕的。

本来以为她真的是想各处转转而已，谁知道她奔了友谊边上的商场。

见她买了一条背带、一条领带还有一个领带夹子，当时并未多想。谁知道在牛腩店，她居然把这几个小物件送给了我。还变戏法般掏出一条万宝路给了帮我开车的哥们。

算了，不说了，原本是想替自己提提气，写到这儿突然才发现，丢人哪，特别觉得给那些真正黑社会的老大丢人。

那时候的我，不外乎是带着十几个穷小子冒充黑社会而已。

兜比脸都干净的我们除了吓唬人别无所长。

我认为，是史总的一句"黑社会，别理他"，反倒让这位涉世不深的女歌星误以为碰见了电影里常看到的老大。殊不知啊……

她骨子里是不是想从"黑老大"这得到点儿啥咱不知道，反正从我这儿，她没得到任何好处。

N 年后回到北京，拨通了她家里的电话，慵懒的声音传了过来，但很快便感受到了电话中她突然的兴奋。

我感觉特别好，心里想象着自己的魅力指数。

不记得我当时是怎么说的了，大意就是我有钱了，做正经人了。

我看到她的眼睛瞪得老大，一时间说了很多话，可我就记住她说的既让我吃惊又永远让我无法理解的一句话：

我更希望你是个流氓！

她走了，留我一人孤单地在天伦王朝发愣。

天伦王朝大堂的举架很高，我不知道我怎么会变得那么渺小，我不知道我该不该往下跳。

好不容易可以像个正经人一样生活了，好不容易可以堂而皇之赚钱了，可结果竟然会是这样？

我理解奇点哥那份无奈！

《欢乐颂》第二季，我怕是不会再追了。

20

第一次触电。

那还是 1990 年时的事儿。

那时候，也是我的达信公共关系活动中心办得最好的时候。

几乎每周末，我都要组织一次周末 Party。参加的大都是领导及企业家，当然，还有为数不多的几个烂仔头儿。

记得非常清楚，那次是在南昌大厦搞活动，1987 版《红楼梦》的编剧周雷和《青春祭》的作者张曼菱说要给我介绍一个大导演，不一会儿，一位笑眯眯、和蔼可亲的大姐就出现在了我的面前：峨眉电影制片厂的导演陆小雅。

当时，我在海南算是个较有身份的人物，不光是每周都组织 Party，关键是我拥有的电影磁带应该也是最多的，500 多盘！

都是我从各个渠道借来故事片录下来、再免费借给大家看的。

目的是交朋友。

当然是五花八门的都有了。

那时候太多的领导及企业家都以能够认识我为幸运的事儿，毕竟，流落到孤岛，人们太寂寞了。

陆小雅导演见我说的第一句话就是：

就是封总了！这个角色可让我找了太长时间了。

我心里明白，在海南，她需要我的帮助。

影片名叫《热恋》，故事很简单，海南建省刚刚两年，人们的命运还没来得及改变，会有什么好的故事出现？不外乎就是有理想的女青年实在不能再吃苦了，嫁给某个大款而忘记了初衷。

我饰演的就是娶了那么一个女孩儿的老板。

不长的戏整整拍了一天。

因为是胶片拍摄，走一步就得测一下距离。

大致情节就是我在训练服务员的时候，同"老婆"当初一起登岛的女孩儿来找她，找她来的演员是李克纯，当时还挺有名气。

给名演员配戏，我觉得挺过瘾的，遗憾的是后期给我配音成说天津话的人，我很不开心。

可能这也被陆导预见到了，首映时专门拿来了一张峨眉电影制片厂的报纸：

《滑稽的舞厅经理》。

算是对我的演出点了个赞。

也许是因为觉得没过瘾，1994年有了点儿钱后，我自己做独立制片人，投资了20集的电视系列剧《骗术档案》，不管不顾就又客串了一个一闪而过的小角色。

当九年写本子《箭在弦上》时，执意让我们哥仨客串土匪老大老二老三时，咱立马就答应了：

咱是演员，客气啥呀？！

也许是九年看我意犹未尽，在创作《迫在眉睫》时，为我量身打造了一个黑老大的形象，后因戏份太重，28集中都有戏，整个一个反一号。终被导演Pass了。

好像因为没有我的出演，这部戏卖得就不太好。

我觉得观众还是喜欢看我这种老腊肉。

你干吗摇头撇嘴？就说你呢！

将来你们谁再拍戏可得想着我点儿，我估计再有个二三十年，我就该成名演员了。

插曲：

《热恋》拍摄结束时，副导演给我50元钱，咱不单是没要，还安排人请了剧组一回！

后来我帮了剧组很多忙。

说到这儿就露馅了，你以为人家真看上我的表演了？

当然，能被人利用，终好过没用。

我依然骄傲！

21

　　那是一个血脉偾张的年代，那是一伙儿近癫狂了的人群，那是鱼龙混杂瞬间出现在海南的十几万人！

　　唯一相同的是，那时候他们有一个共同的标签，人才。

　　还有就是，他们是一伙有梦、有追求的人。

　　那时候，海南还是个不设防城市，人与人之间的相交简单到了极点。

　　东北的吧？或者就一句大陆来的吧？抑或就是一句咱俩一个专业呀！

　　几个人就可以为此坐下开喝了。

　　那时候虽然很穷，可人们把钱看得确实很淡。

　　来海南的人是见过大阵仗的！

　　毫不奇怪，今天你见到了李鹏大儿子，明天你可能就在和刘少奇的闺女对桌。后天，你看到刚从红旗轿车里走出来的是王光美的干儿子，一会儿跟你握手的就可能是叶剑英的小孙女。

这就是那时候的海南。

这些人是真是假，自不关我们的事，后人评说不评说，也与我们无半点关系。

那时候我跟海开建的副总李扬是好朋友，他也常到我家做客。席间我们经常谈论的，都是一把就可以赚几个亿的项目。

我知道他不信。就像我也不信传说中他是李鹏的儿子一样。但这并不影响我们做朋友！

叶剑英的孙女叶琳我们是好朋友，那时候她是《中国妇女报》海南站的站长。

其实打一开始我就知道这是个误传，但并不影响我们做朋友，也并不影响我把她介绍给那些急于想认识她的人。

人们愿意生活在虚荣的空间里，因为那里充满了满足感。

传得最邪乎的是刘少奇的女儿刘平平了，赶巧，我们还走得最近。

第一次来我家，她管我借的录像带竟然是《乞力马扎罗的雪》！

我自然对她高看一眼。

刘平平在华侨宾馆开了夜总会，我经常喜欢用芒果肉加冰榨汁喝。

刘平平喝了觉得特别好，在她的夜总会，很快也增加了这一个项目，我们称这款饮料为黄金梦。

那期间，我把她当作传说中的人物介绍给了很多朋友，那时候我愿意相信她是真的。

她的会计也是我给她介绍的，好像姓冯，冯的老公我背后称之为小特务。

顾名思义，小特务不是畏畏缩缩那种人，而是一个属于鬼抹三道的那种。

在此之前，他为了让我帮他老婆找工作，专门送了我一瓶习酒，并讲了关于那瓶酒和红军之间的一个故事。并再三叮嘱：这瓶酒，一定要留着自己喝！

今天，我长大了才明白，那都是概念！

做得越神秘就越发的……

我恳请刘平平收下了他老婆，并做了刘平平的会计。

刘平平后来的助理是我妹夫，那是一个可以让人放心使用的忠心耿耿的人。

刘平平当年欠我五十万元，过去几年了也不还，他也不会跟我通风报信说刘平平哪里有钱。

直到刘平平真想还我钱的时候，他才会跟刘平平讲，你可以用这笔钱……

亲戚不帮我我不会怪他，因为我欣赏为人做事忠心耿耿别无二心的人！

这是忠义！

我跟刘平平有一段时间走得好像特别近，陪着她满世界地跑，她在广东买套房子我跟着就买一套，她相中了珠海的园林花园我就跟她做了邻居。

细细回忆一下，大概、好像、也许、可能是那时候她经常带着一个李姓女秘书在身边的缘故。

那个女秘书是一个眼睛会说话的人。

那类聪慧的女孩，我喜欢。

未果。

后来，刘平平买宝马车，说还差 15 万元，管我借。有了上次的教训我就回绝了。

马玉和从上海打来电话让我帮她，我说了她上次的事儿。

马玉和竟说他来担保，我无话可说。

至今她还欠我 5 万元就这么人间蒸发了。

后来听我一侄儿说起上次见到她的事儿：

刘总走到宝马车边，打开车门，从车里拿出一副白手套戴上。接着，熟练地打开机器盖，再从后备厢取出一塑料桶水，加进水箱。

水箱严重缺水呀！

刘平平虽然消失了，但我断言她哪天一定会再次出现在我们面前，她是一个极其坚强的人，是打不死的小强，她一定会东山再起的。

插曲：

她在金融大厦开美发厅时，我介绍了一个大工给她，是黑龙江人，叫老黑。据传这个老黑今天在北京可是个相当有名的美发师了，服务对象都是这个英啊那个冰的了。

当年他还在国宾酒店做事的时候我去了一趟，人没在。

听说不久老黑就换地方了。可能是不想跟我们这些人再有来往。

当年，他的堂姐某梅是我们"团队"的大姐大，很多夜总会的小姐都怕她。

这小子分明在躲着我，可能他还不知道，咱早就是好人了！

刘平平是不是刘少奇的女儿已经不用去计较了。关键是，她的公司曾经发售了 4000 多万的股票啊！

钱，真不经花。

22

好出风头、显奇卖快是我最大的爱好也是我致命的弱点。

上大一的第一个寒假，回到锦州，无所事事的我突发奇想，想把在大连读书的锦州学生组织起来搞一次联谊活动。

我推开了锦州团市委书记的门。

不记得当时的团市委书记是谁了，他只问了一句：能有多少人参加。

活动举办得特别成功！

好出风头嘛，活动开始前，咱自然要像干部式的讲几句话。

本来这段历史早就该拿出来吹牛了，可怕别人不相信。直到有一天，当年我们锦州凌河区的区长张晓光出现在风仪坊时，说了一句话：

你不记得了，1980 年你在团市委举办的那场舞会，我还是辽财的召集人呢！

后来听说这位区长又高升了。

当年那场舞会，辽宁师范学院的召集人是我前一段时间说过的高原，327 的始作俑者之一。

在上大二的时候，我"把握"住了一次可以显奇卖快特别能够出风头的机会，已经忘记起因了，反正我成功地组织了全校的罢饭。

罢饭过后，学校信守承诺，没有追究责任。

出了风头还没有完，当时我的感觉良好到了自以为距学生领袖就那么一小步的距离了，错误地以为所有的同学们似乎都会高看我一眼。

赶上学校选人大代表，我私底下做了许多工作，希望大家都能投我一票。今天叫拉票吧。

感觉效果还不错，至少有一百多个同学当面答应我了，一时间我乐得屁颠屁颠儿的，心里，已经开始有梦了。

结果出来了，大红纸上，我排在最后一行，孤单单的一票。

当时至少有四五个人为我鸣不平：答应好的事儿，他们都干吗去了？就我投了你一票……

我知道这四五个人是骗子，那唯一的一票是我自己投的。

那是我初识人心叵测。

显奇卖快出风头是要付出代价的！

大三桂林实习期间，撒谎请假未果，我偷偷跑到广州去玩并以全陪的身份从广州带了一个日本旅游团回到桂林。

当我走下舷梯时，我清楚地看到了辅导员、日语系书记酱紫色的脸。

我可能是我们同学中第一个坐飞机的人。

毕竟是付出了代价的事儿，你们就允许我再吹一次牛吧！

再次出风头就是全校的那次大会了，我是主角。

学校是新账老账一块算了，当时组织罢饭学校没有办法制我，这回时机终于成熟了，是我主动把自己送到他们手中的。

我们校长亲自上台宣读的：

开除学籍，留校察看一年。

我是主角嘛，所有的目光一下子都集中到了我的身上。

今天，我依然好出风头显奇卖快，但感觉已经不那么烦人了。

今天的社会，人与人之间已经没有什么直接的利益冲突了。你再怎么样与别人也没有半毛钱的关系。

你依然有风头可出，说明你有本事。你显奇卖快，说明你乐于助人。

当然，受处分也不完全是件坏事。

记得分配方案出台那天，所有的同学都睡不着觉了，整夜都在瞪着眼睛平衡同学之间的实力和跟辅导员的亲疏关系。

只有我睡得特别踏实！

江西铜基地！德兴，一个小县城。尚未通火车，这个地方一定是我的！绝没有人会来跟我抢。

当然，被发配到当时连火车都没有的老三线，这是显奇卖快、出风头的代价！

我认了。

我反倒为离家够远而感到兴奋，这回可能就没有人会知道我挨处分的事儿了？一切可以从头来过了！

天真善良而又无知的我呀，殊不知还有个叫作档案的东西！

档案里，还存放着一条被门缝夹得伤痕累累的、我自己的尾巴……

　　今天，有时我偶尔还会想起那条滴血的尾巴，但早已经不再有任何疼痛感了。似乎在这漫长的三十多年的岁月中，已将其煲成一锅美味的高汤，时时在品尝着……

　　人生，味道不错！

23

我怕是快成名人了。

近一段时间，竟有很多人请求加我微信，并直接以我是某某的夫人、我是某某的老乡、甚至还有我是某某的老师的名义请我通过的。

他们一个共同的说法就是：我一直用他的手机看你的微信……

更让我感觉到可怕的是昨天，我 7:30 发了微信，没过五分钟，马上有个哥们就发来一句：

今天发微信提前了，你在机场？

这分明是快成为名人的节奏啊！不光是粉丝，敢情连狗仔队都有了！

我起身四下瞅了半天也没见到周边有一个熟人，只好默默地拖着拉杆箱走上了飞机。

略觉遗憾的是，没见着周边有人拿相机咔嚓我，方才明白，距离成为名人还有一段漫长的距离。

平常总是让市局的小杜接我，考虑到是端午，就给小杜放了个假，让在海口没有家眷的两位来自深圳和江门的朋友来接的我。

过节了嘛，本来想去老特务家吃饭，一打电话才知道，他老婆竟然撇下他去画画去了。

没有老娘们的家咱怎么好意思去叨扰？尽管老特务一个劲儿催我过去，又是已经开始化鱼了云云，就没说已经杀鸡了那句话！

没饭吃了就想到了老朋友、老乡、老大哥汤杰，电话刚接通，那边先就兴奋起来了：你等我，我先把这边哥儿个打发了。

不一会儿，发来了定完餐的短信：参海人家。

接着，就带着我的一个老朋友，可能是唯一一个没想打发的省社科联副主席就过来了。

在这儿，我要专门介绍一下汤杰：锦州人，国家一级指挥，艺术家。为人性格率直，对脾气的话，怎么都可以。不对脾气，说开练就开练，不管你是谁，包括老婆。

这个人不单是个大孝子，还是个懂得滴水之恩涌泉相报的人。

1992年，两口子来海南闯海，人已经38岁了。

当时，省边防局的政治部主任叫符大珍，是我一死党级大哥，管边防局歌舞团。

我推荐的，大哥还能说啥呀。

我清楚地记得那天下午，两口子垂头丧气地来到了我的办

公室:

年龄忒大了, 公安厅政治部没批, 退回来了。

我特别奇怪:

他批不批的有啥关系呀?

边防局归公安厅管。

我乐了, 又撞我枪口上了。

当我出现在公安厅政治部甄主任办公室时, 甄主任非常奇怪:

老弟你咋还亲自来了?

这就是我们俩的关系。

两个小时后, 批文就到了边防局。

当时, 汤杰大哥38岁光荣入伍。因为是艺术家, 享受正团待遇。

后来嘛, 不管我什么时候回海南, 只要是汤杰知道, 那就一定是一顿大餐: 螃蟹、海参、大虾、鲍鱼……好像是差一样都不行。

这一点特别像我锦州的一个老弟, 他不管你喜欢吃不喜欢吃, 一定要最好的最贵的。

我每次都表示我想吃大排档, 他每次都是说我下次带你去吃没窗户没门的店儿……这次一定是大餐, 下一次他还是这么说。

这就是汤杰。不光懂得感恩, 又是一个永远讲面子不愿意跌份儿的人。

他做过很多行业, 最出名的是做大晚会, 他要是给你讲起音乐来, 保证让你很快就痴迷进去, 很快就可以让你跟着他疯狂, 后悔自己当初没有学音乐。

插曲:

那时候我买了一套四室两厅的房子, 当时算是大宅子了。很多老乡就常聚在我家。我们定了个规矩，用玩牌来决定谁做晚饭。汤杰两口子也不知道是故意输给我们还是真的是牌技臭，那一段时间，好像他俩就没赢过。以至于汤杰做的土豆炖豆角已经是炉火纯青了，基本达到了特级的水准。

可能他艺术范儿太浓了，也可能他活得太真实太性情了，因此，我陆续管好几个女人都叫过嫂子。我总是不知道我下次叫嫂子的该是谁。

当然，这种事儿，大哥是不需要我替他瞎操心的，大哥是艺术家，是情圣。我知道他下次还会像以往一样，随手一指身后的人，漫不经心地来一句：

这是你嫂子。

我会像一个极乖的孩子似的，非常有礼貌地跟上一句：

嫂子好！

不是我真的是那么有礼貌的人，次数多了，熟练了而已。因为大哥时不时地就会给我带回来一个嫂子的缘故。

我相信，你要是也有个这样的哥，嫂子好这句话，一定会比我说得还溜。当然，你也不一定非得记住嫂子的长相和名字，在咱哥这儿，嫂子是个变数。

阿弥陀佛！

口业、口业，童言无忌。

24

落地南宁了。第一站，一定要去见老友，那声名远播的老
友粉！

距离老友粉店还有一段距离，就已经感受到了老友的热情，
扑鼻而来的是辣中带着微熏的酸笋味和处理不十分到家的肥肠脏
器，经过千锤百炼后转换成的特殊气味——老友香。

很有意思，每次来南宁，我都会不由自主地想到徐锦川，想
到那位两届夏衍电影文学奖得主的一些奇人轶事儿。是因为老友
粉的味道？

不是。

是因为徐锦川对南宁有一份割舍不掉的感情；

是因为南宁是中国传销界的井冈山；

更是因为徐锦川也有一段被传销的光荣历史。

大概是十年前，徐锦川和锦州的一大帮文人墨客来到了风仪坊，大家聊得开心，喝得尽兴。

　　很多文人墨客，不行，这里还是应该用很多文人骚客更合适。

　　骚客们喝多了，基本上都是晃晃悠悠地走到停车场的。

　　老袁送走他们后，回到风仪坊对我说：

　　老哥，那个女诗人喝多了，拉着徐锦川，非得让他开她的车送她回家。

　　我厉声说道：

　　你八卦不八卦呀？！

　　接着我压低声音：

　　哪个女诗人？

　　大约是七年前，该女诗人来到了南宁，加入了传销大军。因为有水平，你想想，连诗都会写的人自然很快就成了传销界的领军人物。

　　没多久，一首煽情的爱情诗，就把锦川哥哥三煽乎两煽乎的煽乎到南宁来了。

　　先是洗脑，这一点对徐锦川没作用，他那脑袋早僵化了，除了用来判断女人是否白皙微胖外，基本上就是一块石头，还是又臭又硬的那种。

　　女诗人了解他呀，知道他的弱点，就迎刃而上。迎刃……算了，别计较这么多了。总之吧，派了一些女的天天围着徐锦川来做徐锦川的思想工作，跟他玩过家家。

　　没过一个礼拜，徐锦川就告饶了，你想想，天天生活在一大帮没正经事儿做的大老娘们中间……没打着吊针抬他出来算他身体尚好。

当时徐锦川唯一的想法就是留得青山在，万万不能让这帮老娘们给祸害死了。无奈之下，只好"投资"了5.8万元。

白皙微胖的女诗人终于把他放回北京了。

据说回北京当天，徐锦川就做了个肾囊肿摘除手术。

看来，肾这个东西还真不能破坏性使用。

花边：我最喜欢吃动物内脏了，尤其是鹅肠鸭肠猪肠。每每进饭店问的一句话就是臭不臭啊？老板只要回答说放心吧，一点儿味都不会有。我保准就地一个向后转走。

如果老板的回答是：那玩意儿哪会有不带点儿味的……

我们一准儿是甩开腮帮子就吃上了。吃老友粉也是一样。

徐锦川渐渐地康复了，但再也不能跟他提南宁两个字。也许是当年落下的病根，也许是不愿意想起老友粉、老友。

南宁之行对他的打击太大了，据说现在他连诗都不再写了，我觉得他之所以这么消极，不外乎是想忘掉噩梦中的女诗人。

今天的徐锦川，平时充其量也就偶尔发一两条不伦不类的微信，让人总是感觉不到他究竟想说些什么。

就像昨天，他终于憋出来这么一条微信：

警世名言两则：

1. 不要害怕。（教皇保罗二世）

2. 不要着急。（徐锦川老师）

唉，人一旦被废了，尤其是被女诗人给废了，真的可怜！

再次来到北海，心中，实在说不出是一种什么滋味。

当年，一批精英在北海完成了原始积累，他们一跃而起，挥师北上，一蹴而就，奠定了他们在中国经济界的霸主地位。

比如叱咤风云的万通六君子。

还有一大批人，在北海遭遇了人生的滑铁卢，以至于就连同他们一起过来的人们，都不再记得他们的名字了。

虽然人们一再强调，不以成败论英雄，但真能浴火重生者寥寥。

这就是北海，它让很多人登了天，它也送很多人入了地。

北海银滩前，实在是让人有太多太多的联想、感慨。如果你站在北海银滩前毫无感觉，那么恭喜你：你还年轻。

插曲：

好朋友张景月第一次炒地，是在洋浦工作期间。因为跟附近的村长关系好，在上班期间，他也象征性地跟村长签了份协议，买了 400 亩地。

说好了有人买再交预付款的。

那时候的买地合同如同两小孩儿签的过家家协议。

一天，在一酒店的电梯里，张景月遇到了几个人正在谈论买地，我们可爱的张景月就插了一句话：

我有 200 亩地。

直到对方带着他到银行，在他新开的户头里存进 400 万元，他也不敢相信那里面的钱是他的。

终于，他壮着胆子试着取了两万元出来，看着手里捧着的两万元现金，他才真正感受到自己发财了。

后来，张景月还参与投资了北京潘石屹的建外 Soho 项目。

我之所以对海南、北海有剪不断的情结，之所以老想记录当年那段闯海经历炒地历史，是因为那些成功的和失败的都曾经与我共同经历了那段艰难岁月，共同为中国企业家的成长史流过汗、出过力。

当年的海南是改革开放的最前沿，而北海扮演的则是海南来客的炒地试验田。

时过境迁了！当年的很多人，已经只能出现在我们的梦里了。

我依然想念他们。

今天生活好了，社会进步了，今天的北海之行，已经有了高铁、空调，有了朋友陪伴有了朋友来接。有了舒适的酒店，有了刚捕上来的海鲜。

生活太幸福了！

不知道为什么，突然就想到了陆游《示儿》诗中的那句：

王师北定中原日，家祭勿忘告乃翁。

今天的北海之行很顺利，当天去当天就可以回到南宁。

我把今天的北海之行，权当作一次对当今霸主的朝拜，权当作一次对那些被拍在沙滩上的前辈们的祭礼。

我知道，历史还会重演，因为，历史还在继续。

26

到三清山了。

飞机虽然延误了点儿时间，终于还是没有被雷阵雨截在南宁。武夷山落地后，就见到了来接我的阿旬和老管，来这儿，我是回家。他们俩是第二次来接我了。

好朋友来上饶市挂职市长助理，我过来看看他。

一路上，路过的所有地方都是那么熟悉那么亲切，在郁郁葱葱的绿色世界里，我在慢慢地品味着沁入心脾的那份美。

我热爱这片土地，他是我人生开始的地方。

飞武夷山是为了去江西上饶看朋友。朋友安排的第一站是三清山。

上饶和上饶边上的城市鹰潭都是我曾经工作过的地方，是我最初的工作单位。

大学毕业被发配到的工作单位是上饶的辖区，德兴铜基地。当时是坐着长途汽车去报到的。报到时才知道还有个二次分配，再报到时就发现，那是不但通火车还是交通要道的鹰潭市。更让我吃惊的是，等着我的，有两百多日本人，我落在鬼子手里了！

我是个乐观主义者，可能不管到哪里，我都会觉得这个结果是最好的，我很快就融入人群中，并与另外三男三女组成了一个家。其中就有来武夷山接我的阿旬。

我们七个人晚餐都吃在一起，周日就来个一家人出游。那时候饭菜票也不用集中，今天该谁出钱该谁去打饭那都是特别自觉的，真是其乐融融的一家人，让周边的人羡慕嫉妒恨了好多年。

三年前，我们还组织了一次回家，七个人都聚齐了。

那是一个我们人生开始的地方，我们曾经共同拥有家的地方。

我们兄弟姊妹七个都是大学毕业生。当时企业的大学毕业生有几百人，那是中国最大的铜冶炼厂。

插曲：

我曾为我的家人做过一道菜，泥鳅钻豆腐。我买了一大块豆腐，买了十几条活泥鳅放在锅里。我的想法是水热了的时候，泥鳅受不了，就会主动钻到豆腐里面。

也不知道我买的这批泥鳅是宁死不屈还是傻，反正就是没有一个孬种，都坚强地横在那，害得我在家人面前丢脸！

我们后来吃的是凉拌豆腐和泥鳅蘸酱。

再说来接我的另一个人老管，他原来是弋阳701厂保卫科的人，弋阳属于上饶地区，他爸爸是上饶地区的专员。这小子象棋玩得特别好。

我被借调到他们厂当翻译，对付四个日本人，他负责保卫工作。当时，我俩整天跟鬼子同吃同住，晚上就跟鬼子一起打牌，玩儿一种叫"都蹦嘎儿西"的游戏，自然也是其乐融融。

直到试运转开始，直到张厂长满嘴大泡的来找我，我和日本人一直相处得都特别融洽。

我让张厂长拿来合同，看了一遍中文的，没有发现什么，又拿来日文的，竟然让我发现了问题，我发现可以索赔，但是不知道会不会成功，我跟厂长说了。

张厂长嘴里的血泡是不是还有我不知道，但从那天起，他那张本不鲜嫩的老脸上能看到笑容了。

索赔成功了，日本人赔付50万美金，但你不知道那是怎样的一个日日夜夜呀！我每天晚上都躲在总机室，偷听日本人与他们上级汇报工作。

半年后，引进日本同样设备的黄石，通过冶金部找有色的渠道找到了我。我到黄石的当天晚上，偷听到的内容是：

中国的那个（陪那撸提专门家）索赔专家来了。

日本人主动认赔，五天后我返回单位。

三清山太美了，当我们到三清山希尔顿时，已经九点多了。

管委会的诸主任过来礼节性地会见了我，让我重新认识了一下三清山。

它和婺源同属于上饶市。

晚餐我们找了一个小饭店，狠狠地喝了一顿冰啤。这儿不知道是什么原因吧，厨师特别不珍惜咸盐，好像他们做菜用盐不是以克为计量单位，好像是一把一把地放盐。在我们还没有变成蝙蝠前的时间，我们还要听老管讲述三清山里关于鬼的故事。

吓得我晚上只好让他来我屋睡！

当年在 701 厂，我们一直在一个屋住，也没发现他有什么毛病。可倒好，也许是年龄大了，呼噜打得那个响啊，我几次想起来轰他出去……

人家打呼噜都是不紧不慢的，他是一声接一声的。好容易停了，你还没来得及高兴，第二波又到了。

就在我要发疯的几分钟前，闹铃响了，该起床了。

新的一天开始了，我期待今天会是个好日子，我同时期待下一次艳遇。

臭不要脸的徐锦川正躲在他的被窝里，看着我的微信，嘴里嘟囔着：

臭不要脸！

27

　　永远忘不了的，是上大二那年的国庆节晚会，我们日语系七九级出的一个节目是：三人舞《再见吧，妈妈》。

　　表演者是王宏、张月和我。

　　那个国庆节后，我便开始了一场追爱马拉松比赛，可我却没有办法跑到终点。

　　因为中途，没人陪我跑了。

　　那是一场鸡飞狗跳的追爱！

　　那时候我几乎一天就会写好几首诗给她，也不管她喜欢不喜欢。

　　当然，那时候所说的诗也不外乎就是横竖对齐了、有点儿韵脚就行的华丽辞藻堆砌而已。

　　我们日语系一共九十人，五个班，每班十八个人，九男九女。每年都要分一次班，好像是为了防止语音语调跑偏吧，我也说不太明白。

第二次分班时，我们俩又分到了一起，据说当时她还找过辅导员，不想跟我在一个班。

辅导员没同意，又给我留了一次次机会。

记得那是一个初冬的晚上，应该是月落黄昏后的时分，女孩终于被我追急了，约我出来谈。

她说她妈妈找人算过，她30岁以前结婚会对她不利。

我立马就表示我可以等。

当时那态度别说是30岁了，分明就是300岁前不结婚我都可以等的架势。

追了一六十八开的，好容易对方投降了，我却不知道该做什么了。

要是在今天，姥姥个腿的！

我记得我只是把我的一条围脖给她戴上了，那天晚上天那么冷，我都没敢碰她手指头一下，更别说有胆子揽她入怀了！

过了几天，我们看了场电影，她那边还坐了几个我们年级的女同学，大有今天家里人来帮助相亲的味道。

最最让我不能原谅自己的是，当我们教室就剩我们俩时，我们依然坐在各自的座位上，若无其事地看着自己手里的书。

虽然当时自己的状态是早已波涛汹涌……

我特别恨我当时的懦弱及假正经。

没过多久，她就给我宣判了死刑。

没过多久，我们就去桂林实习了。

我今天偶尔会想，如果实习时，我们还是那种哪怕朦朦胧胧的关系都好，那我可能就不会私自跑广州去玩儿了，我也许就不会挨处分了！

我们也许花前月下的就懂得了爱情。

姥姥个腿的，哪会有那么多也许！

毕业我被分到江西后，我们一直保持通信，因为知道无果了，反倒变得自然多了。

她经常提醒我的是要学会照顾自己，要讲卫生，南方不比北方……

本来微信写到这儿的时候，我一般都会来一段花边或者插曲，可因为是叙述这件事，竟然没有任何一条可做花边抑或是插曲的东西。

我难过，我后悔。

我一直怀疑，在她面前时我是男人吗？在这个世界上，难道会有另一个我存在？

要知道，我可是一个满身都被贴满了黑社会、流氓、色狼、豆斯剋呗标签的人啊！

也许我只能这么说了：

当年那个女孩儿，你真幸运！因为，那时候你遇到的不是今天的我。

虽然，我们之间没有任何插曲和花絮可以写，我还是翻箱倒柜地找到了一首当年当作是诗送给她的句子。

老了，脸皮也够厚的了，就贻笑大方吧！

你对我说

泊进来吧

别再为我

忧伤、烦恼

于是

我游进你

深深的眸子里

兴奋中

忘记

把缆绳系牢

得了得了，烦人不？别一个劲儿地追问她叫什么名字了！好吗？我不会告诉你的。

我充其量能说的只是，那一年，在舞台上，我们一起跳过三人舞。

28

我生性好玩，尤其是喜欢玩扑克牌。

最喜欢玩儿的游戏是梭哈和拖拉机，为此，也没少付学费。

最初接触梭哈，还是在 1996 年琼民源后时代的时期。

那时候我应该说只懂规则，根本就不会玩儿，我多输少赢，交的是学费。

那时候，哥们儿玩牌时经常会问我一句话：三条不去两个去。

我会老实地回答是与不是。

那你还能赢？

直到我们快结束那个疯狂时代的时候，我才注意到杨立新是怎么回答的，他只是抬头看对方一眼：

别去了。

高！

可晚了，我们已经换玩法了。

以前常在一起玩儿的朋友各有各的特点。

市局杨局长是个性情中人，玩起牌来一直是牌底写在脸上的那伙儿。

好牌时，他先已笑逐颜开，表现的是眉飞色舞，你说谁还会跟他？

牌一不好，他先就一声吓，你说有哪个不追打？

最有意思的是老弟刘东方，每遇好牌，必反反复复拿起放下放下再拿起，有时候再抽口烟，这时候你是万万不要跟，没准就遇见俘虏了；

他要是只看一眼牌就一推，跟着就一句：梭了。

你放心跟吧，必诈无疑。

杨立新是赌神级的存在，各种牌玩儿的都很精，人也很有个性。

多年玩牌也有了一点儿心得，那就是不要玩儿那种一翻一瞪眼的，那个是赌，那种赌牌，带着脚后跟去都可以玩儿，与脑袋没有关系。

博就不一样了，你最起码要有回旋余地，虽然某种程度上还要多少依仗一些运气的成分，但毕竟还留有余地，需要动脑子分析。

只要不是一翻一瞪眼，就有机会，可以让你斗智斗勇斗狠斗财。

我也曾有过冒死一搏的时候，但胆量的成分很低，当时凭的是运气吧。

1982 年，我在接受审查等待处分的一天，我突然接到通知，不用参加期末考试了。

我二姥爷的大学同学、我们学校的一位老师告诉我，学校已经准备开除我了。

是一个孙（？）姓副院长提出的。

我一下子就傻了！

回过神来后，我知道我必须赌一把！

我的黄书包里多了一把菜刀和一把螺丝刀，晃一晃声音还挺响的。

我准备好了一大堆台词就敲开了孙院长的家门。

我用脚挡住门，门没有被关上，但已经想不起我原本准备好的台词了，我记得我说了一大通。

我不记得我当时都说了什么，只隐隐约约地听到院长在喊：

流氓，明天让保卫处的把你抓起来。

我下意识地探头看了一眼跑过来站在他身后的一个小（女？）孩，就被硬生生地推了出来。

我完了！

我明白没有吓唬住他！

在儿童公园的长椅上，我睡着了。

我不知道我的户口会退回锦州还是直接退回我插队的谢屯公社。

我真的只是想吓唬吓唬他，我根本就没有动刀子的勇气！

他没有被我吓唬住！

在那个夏夜，我被冻醒时已经是后半夜了，我不知道是怎么回到宿舍的。

突然，感觉我的床摇晃起来，我虽然睡在上铺，可在我的头顶上方出现了一张熟悉的面容：

起来起来，快去考试！

那是我们辅导员尚老师的脸。那一刻，让我感觉竟是那么的慈祥、亲切！

我知道，让我考试，意味着我不会被开除了！

我琢磨来琢磨去，应该不是院长怕了我，应该是那个小（女）孩出现在了她不该出现的时间和地点。

护犊子是一切动物的天性！

我明白，当时如果不赌那么一把，肯定是被开除无疑；赌一把，不管是什么原因起了作用，总之是出现了转机，留下才是最终目的，那时候，我不想回家！

很多年前，我朋友孙绍先教授曾为我当年的一个小店写了一副对联：

你有道，我有道，天亦有道
上是搏，下是搏，人生是搏

我相信人生是搏。该搏的时候，你真的不妨就梭那么一把。这总会好过你眼睁睁看着你不喜欢的结果发生，任由宰割。

虽然说明天会刮明天的风吧，但你搏过了后，那风，都会变得温馨、舒畅、甜美、怡人，那是一路顺风。

前一段时间，我在朋友圈发了一篇微信，描述的是在未来多少年后，孩子们是如何照顾我这个痴呆老人的事儿。

很多人都开始向我打听，孩子们真的会那样待你吗？你和孩子们的感情……

说实话，将来如何我不敢说，我想说的是，正因为他们都很爱我，将来他们才会有可能以爱的名义剥夺我的权利！

比如不让你吃冰激凌，不让你出去玩儿，不让你再吃溜肥肠等。

孩子们从上小学的时候开始，我就是只关心他们的生活起居而不关心他们的学习。

我经常说的一句话就是：

给爸爸按住一个就行，千万别倒数第一，只要是倒数第二以后，他们有啥你有啥！

我做到了。

我唯一做的事儿就是带他们经常出去玩儿、出去吃。

平时却很少陪他们。

以至于过节时问孩子们想吃什么，他们竟然说想吃我做的菜。

当然，这也说明我的厨艺不错，但更多的是孩子们想跟我在一起。

我起得很晚，孩子们走得又很早，加上她们住楼上我在楼下，连他们走了我都不知道。

每天回来的时候，他们也早就休息了。

我平常跟他们在一起的时间，远不如跟一班朋友在一起的时间多。

我们大学同学聚会，同学们可能觉得我很格路，竟然是坐在自己的车里而不是跟大家一起。

在此，我必须请同学们原谅，我请孩子们出来玩儿也是有条件的，那就是不能把他们单独甩在一边。

我对孩子们要求不高，唯一让他们远离的就是毒品。至于为什么没说让他们远离坏人，说老实话，我都快六十了，至今我还分辨不出谁是坏人谁是好人呢，我又何必强求他们。

闺女封帆高二时，突然有一天给我打电话说想见我，并约好了在迪欧咖啡。

按照与朋友见面的惯例，我至少都要提前半个小时到，我要了个包间，等闺女的到来。

见面拥抱一下是我家人见面的习惯，拥抱后我边坐下边对闺女说：

生！爸爸帮你带！

女儿诧异地看着我：

生啥呀？

你不是怀孕了吗？

谁怀孕了？你才怀孕了呢！

我不记得那天我们俩谈的是什么事儿了，有一点我要说的是，即便她高二就怀孕了，我都会原谅她，并一定会为她照看孩子，这就是我。

这就是我的管教方式。孩子们经常拍着我的肩膀，称呼我为老兄。

大女儿高考了，一天我对她说：

周六下午你别出去，高叔叔和李阿姨来辅导你填志愿。

高煜叔叔是北京市局的副局长，李小雅阿姨是北京大学处的副处长。

闺女的回答让我吃惊不小：

志愿我早就报上去了。

这就是我闺女。

插曲一：

有一次，忘记了是谁问我有几个孩子的问题，闺女封帆在一边接话了：

我爸爸这人你又不是不了解，不算目前还没有找上门来的，我们现在已经是姊妹 N 人了。将来究竟是姊妹几个目前还真不好估计。

一天晚上她又打来电话，已经是夜里 11 点多了：

爸爸，天津工程师范学院把我录取了，我不想去。

他高叔叔一通忙活，天津公安局的副局长答应明天上班就联系退档。

快一点了，闺女又打来电话：

爸爸，我上网查了一下，那个学校还不错，我就去那了。

这就是我闺女！她永远要为自己做主，永远要折腾你没完。

插曲二：

小学一年级时她在海大附小读书，她的班主任因为她搞小动作呀还是因为什么，按着她的头直接磕在了桌子上。

那时候敢情我还是坏人呢，所以，自然事儿闹得不小；

插曲三：

高中闺女是在丰台 12 中读的，虽然也是重点学校，但坏孩子还是不少，经常向同学索要钱票，不给就打。

没有人欺负过我闺女。

因为他们同学的一个亲戚来自海南，他的亲戚说：

别招惹封帆，他爸爸是海南黑社会的老大。

N 年后，一次老朋友杨小平请我们一家吃饭，提起了他的亲戚跟封帆是 12 中同学，直到那时我们才如梦初醒。

是他夸大了我的能量，才使闺女避免了招人欺负。

感谢黑老大的名头！

我愧对这个名头，并深觉侮辱了那些以杀人放火为主要工作的真正的老大。

诸位道上大哥在上，老生在此有礼了。冒用了你们的名头，今天老生在此一并还给你们！

愿天上的地下的以及今天江湖中的各位老大，继续一如既往地庇佑我及我的家人！

阿弥陀佛。

30

2016 年 8 月 25 日，我的肚皮被茶水烫伤了，肚皮有一块没了皮不说，竟然流出了油。

虽然被烫得很惨，但我不由自主地还是联想到了腌制得好的咸鸭蛋。

我是吃主嘛！

小董马上帮我涂上牙膏，又跑到药店买了一管含獾子油的烫伤药给我涂上了，患处处理得很怪异但很管用。

我还专门为此事在朋友圈发过照片。

很多人开始为我担心了：

你血糖那么高，恢复起来恐怕要时间了。

架不住好几位都跟我这么说，搞得我也有点儿忧心忡忡的。

奇迹出现了。

我的血糖依然是贼高，我依然是不吃降糖药，每天水果又不可能停。然而，伤口第三天就开始结痂了，第五天我就开始可以冲淋浴了，只是淋浴时不让水直接冲到它，那也是仅仅用手挡一下而已。

这应该算是一个奇迹了吧？我觉得，你们这次应该或多或少的相信我的健康理念了吧？

我的身体真是调理得特别棒！

今天可以说是痊愈了，只是我这只好动的手，老是想把那还没有完全干透的结痂揭掉……

说了半天病啊药的，竟让我突然想到了一位老朋友，一位央视医药广告的总代理韩京先生。

三年前，东方高盛的陈总明建带韩总来风仪坊做客，无意中谈到女儿琳琳19号要回美国的事儿。

韩总当时就表示，18号请封哥全家到我的会所看看，顺便给小侄女饯行。

我随口就答应了，还有半个多月哪，以为韩总也就那么一客气而已。

15号接到韩总的确认电话时，我真的是吃了一惊，没想到这个人做事如此认真，不过就是一个小孩子出国嘛！

韩总的会所坐落在通惠河那个知名的文化区域内，也是以某数字号命名。

一栋独立小楼，从来没有用于过营业，完全是免费用于接待朋友。

这一点我俩虽然是一样的，但是，他平常接待的客人，我不能随便说，确是高端到了来的人都是耳熟能详的。

他离东方红酒窖杨东那儿不远，我喊杨东过去一起坐坐，也相互认识一下。

会所很高端我早已经就想到了，上菜上酒时却让我颇为吃惊。

我是个老饕，那么大个的生蚝我从未见过，正吃惊之时，上菜的服务员说话了：

从诺曼底空运来的生蚝，今天中午刚刚运到。

话音未落，我便收到坐在一边的杨东发来的微信：

封哥，这个酒不是喝的！

我一惊，再一看他正在干杯，我明白了，这酒不是毒药，是档次，是品味！

杨东的东方红酒窖在中国也算是一个响当当的大品牌了，虽不敢说在全北京数一数二吧，但如果说排名前五，那应该是相当谦虚了的说法。

他如是说，我知道准没错。

接下来的菜是安哥拉的小羊肉，新西兰的牛排，好像还有黄山的黑土豆什么的，都是当天运到的。

总之，那是一顿相当夸张的饕餮盛宴，让我长见识了！

插曲：

说说陈明建，原清华紫光投资顾问公司的总经理，董事长是赵佳禾。当时，清华紫光经管学院的院长是朱镕基，赵佳禾是常务副院长。

今天陈明建的东方高盛，一直在做医药企业的并购重组，每年要做六七千亿的规模。遗憾的是我们见面他只谈风月，一句业务的事儿都不敢说，他不想进去。因为他进去过了。他可能觉得里面伙食不好。

盛宴过去三年多了，韩总也没有任何事儿求助过我，我很遗憾。

话说回来了，像韩总这个级别的大咖，还有必要求我吗？！

我明白了，韩总是个不带有任何功利色彩的人，是个可以放心做朋友的人。

这种人，我喜欢！

31

　　儿子最初叫封宇廷，他不喜欢这个名字，自己给自己前后改过很多次名字，最后改名字为封亚洲。

　　本来改个名也不是啥大事，加上我常挂在嘴边的一句话，公安局是咱家开的，公安局里很多领导都是我的好朋友，别说改个名字了……我就随他去了。

　　记得在他读初中的时候，一天我刚到家，他妈妈慌慌张张地把我拉到里屋非常紧张地对我说：

　　你别发火呀，儿子老师来电话，说儿子今天一天没上学。

　　餐厅里，我坐到了孩子对面，看着略显紧张的儿子：

　　今天没上学？

　　嗯。

　　为什么？

我不想上学了。

呃，不想上学没有关系呀，那你得先跟爸爸说呀。要不然爸爸还以为你丢了呢。

儿子抬头看着我：

那我真的可以不上学了？

嗯。上不上学其实本来就没有什么大的关系，只是你现在年纪还小，现在还不能出去打工赚钱，那你就先在家待着吧，等满了十八岁，你再出去打工。

儿子的脸上出现了难得一见的笑容。

我叹了口气，唉，只是以后你不能像爸爸照顾你爷爷那样照顾爸爸了，好在爸爸自己还有钱。

晚上，儿子应该是睡了一个踏实觉，可他妈妈，却唠唠叨叨了一个晚上，大意就是我对孩子太不负责任。

第二天晚上回到家，我一进家门就高声喊了一嗓子：

好消息，好消息！

全家人都集中到了餐厅，好奇地看着我，儿子也显得有些迫切：

我给儿子找到了一位好师傅，儿子可以赚大钱了！

儿子兴奋地等着听我说下文。

扬州来的修脚师，经验极其丰富，水平特高！

儿子诧异地看着我：

为什么要学修脚啊？

儿子，你想啊，你这身体，扛麻袋肯定是扛不动吧？修脚是技术工种，又可以在有空调的环境下工作，舒服不说，挣得又多，将来你说不定还可以像爸爸照顾爷爷一样，你也可以孝顺我了。

儿子想了很久：

爸，那我还是上学吧。

啊？！你怎么又变了？那我不白跟他说了嘛。行啊，听你的，你愿意上学就上学，愿意在家就在家。这年头也不一定非得读书，反正是七十二行，行行出状元！

后来，我让他去欧洲的三个全英语国家之一的马耳他待了半年，跟那的初三生一起听课学习，顺便强化一下口语，顺带放松放松。

儿子的英语有长足进步！

2016 年 9 月儿子就该读大三了，可他至今还没有去学修脚技术，害得我还得到处找人、花钱修脚。

插曲一：

我经常跟朋友说儿子咋就不会找对象呢？他佟刚叔叔对我说：哥你别着急，哪天我带他去夜总会，找一个好看的先用着。用一段就会了。

我这个臭老弟呀，你们说，那是找对象吗？！

儿子有副让我嫉妒的好嗓子，唱歌又很有味道。他已经成为我们每次家庭局的核心人物了，每回他都会为我们演唱一首新歌，基本上唱的都是甜哥哥蜜姐姐那类的。可惜呀，都 21 了还没有女朋友！

每次我问他：

有对象没有？

回答我的总不外乎那两句：

1. 不告诉你。

2. 你猜。

唉，这个破孩子！真让我操心！

十年前吧，我的奥迪车被盗了，晚上一家人在议论这件事，孩子们问如果抓到盗车的会怎么处理，老袁在边上说；

五十多万元，搞不好会枪毙。

孩子们啊的一声后，就商定，不让我报警了，别抓了，不能害人！

在孩子们眼里，我报警就意味着害人，我反倒成了要害人的人了！

我好多大学同学都当爷爷姥爷了，可我还不知道抱隔辈人是什么感受？

本来，咱结婚也不比他们晚，孩子也不比他们少，可我这些孩子就是不给我争气！

看着同学们时不时地晒着朋友圈，一会儿孙子一会儿外甥女的，让我多少有那么一点儿嫉妒。

我真羡慕我的那些同学们！

32

赵峰来风仪坊，我提起下月初要去大同的事儿，赵峰的话匣子一下子就打开了，说的全是大同美食。

他提到了一个叫糕的食品引起了我的注意，经他一解释我懂了，就是我们东北的油炸糕！

油炸糕，一种久违的食品，竟勾起了我对当年艰辛岁月的一段甜美回忆。

应该是 1967 或者是 1968 年，武斗结束了，突然一天下午，满大街都贴满了妈妈的通缉令：现行反革命分子李桂德……赤膊上阵，大打出手……

据传，这张通缉令从锦州一直贴到北京。

我爸妈畏罪潜逃了。

过得最美的是他们潜逃后的第一个月，那时候还发工资，工资被姐姐领回来后，我们过了很多天神仙的日子。

爸爸虽是国民党那伙的，但工资很高，妈妈虽然出身不好，但据说当年也是行政多少级的干部。

当年我们姊妹五个，每天的工作就是凑在一起商量再去买几块油炸糕，有钱嘛，就得花，一百多块钱在我们眼里，简直是一笔永远也花不完的财富。

那时候最大的大姐也不过就 16 岁，我也刚刚满 10 岁。我们当时特别民主，一次次的开民主会议，讨论的话题就是再买几块油炸糕。

我一趟趟跑向马路对面的西大桥饭店，乐此不疲地来回运送油炸糕。几天后我们意识到钱快花光的时候，也接到了爸妈工资开始停发的通知。

说他们什么时候回来自首什么时候再发工资。

生活突然失去平衡，打那时起，我们再也没有买过一块油炸糕。

我们开始"打工"，那时候唯一可以赚钱的工作，就是我们轮流用小推车推着我们院里的一对盲人夫妇去北门口卖点烟叶子，晚上，再推他们回来。

那位李姥姥每天给我们一毛钱。我们每天买二分钱的大白菜叶子，用酱油来炒着吃。

有一段时间，工宣队一金姓队长进驻我家，白天长在我们家，我们供他一顿饭，他给我们一毛钱四两粮票，有收入了，着实令我们兴奋了好几天！

后来他可能是无法忍受这清汤寡水的生活，主动打了退堂鼓。

插曲一：

我们那时候又可以说特别会过，哥哥姐姐们总是让我拿个大饭盒，去饭店花八分钱买一碗豆腐脑，倒进饭盒，我再走到边上，把价值一毛钱一斤的一瓶酱油，咕嘟嘟倒进饭盒里拿回来。豆腐脑与酱油的分离工作并不难做。

插曲二：

我声明，这是他们说的，我已经不太记得了。他们说，我有一次饿急了，就跑到饭店里面等，一个老头买了一碗面条放桌子上，回身去取筷子的功夫，我把那碗面条端别的桌上去了，老头发现我的时候，面条都快被我吃完了。

这事我真的没有什么印象了，会不会是他们在故意毁我形象也不好说。

打金队长离开我家起，我们的伙食反倒开始改善了。

因为实在过不下去了，大哥每天晚上便开始出击了。

提一个土篮子，不去西郊就去北门口菜场，逮着什么就往回拎什么。时鲜蔬菜我们天天都能吃到，包括时令水果。

在那个几近恐怖的年代，大哥竟然没有被抓的经历，今天想起来依然让我无法理解。

爸妈在畏罪潜逃期间也没闲着，我爸在逃跑期间，在三江口钓过鱼，走街串巷地给人理过发，关键是，我妈妈还大着肚子回来了，竟然在畏罪潜逃的途中怀了我妹妹。

我妈虽被直接扔进了牛棚，但因为有身孕，少挨了不少打，感谢那时候的人们良心未泯！

爸爸就幸福多了，直接被关进监狱，因此也少受了不少罪。

今天想起来有几分搞笑的是，生了妹妹后，我们到监狱看望老爸并让老爸给妹妹取名字，老爸想了想说：

就叫封硕吧，她是文化大革命的丰硕成果呀！

丰硕成果在"文革"被否定后，仍健康地成长着。

很快，我们就随妈妈走了五七道路，回到了爸爸的老家，义县石佛堡公社官场沟大队。当我们盖好房子砌围墙那天的傍晚，大家休息准备吃晚饭的时候，村口晃晃悠悠走过来一个光头矮个老者，所有的目光都投向了他，但没有人认得他。那个人越走越近，就要到我们跟前时，我哥喊了一声：

我爸。

在砌围墙的最后一天，我爸出狱了。

33

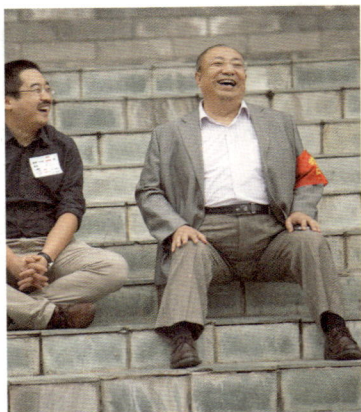

每次落地海口的第一件事儿，就是去吃文昌鸡了。

那家店位于文明西路，挂的招牌是隆昌鸡。

记得是二十几年前了，我们一家骑着单车逛街，见门前屋后坐满了人，人们都在专注于手里的鸡。我们也进去要了半只。

吃完了感觉还没有饱，又要了半只。那时候的感觉就一个字：香！

N年后，第一次也不记得是谁了，又把我领到这家店，那一餐后，重新勾起了我对这家店的喜爱，从此，便一发不可收拾，每次落地海口的第一站，必是这里。

这家店不大，是典型的苍蝇小店，地下油光锃亮，随时有滑倒的可能，服务员的态度非常蛮横，去那吃的人都是奔鸡去的也就不太在意服务态度了。大馆子的服务态度好，又难吃又贵，谁去呀？

除非需要应酬时，才会带着那些其实早就失去味觉的领导们去一下，这年头领导们吃的可不是饭，是排场。

这儿的文昌鸡都是散养的，吃起来肥而不腻。尤其是他们的蘸料，特别可圈可点。分两种，一种是柠檬汁为主的酸口，不喜欢油腻的人你就选这种，夹一块鸡肉放入口中，那股酸爽劲儿，保证让你感觉不到鸡的油腻，满嘴都是香气。

咸口的调料是以蒜和沙姜为主，吃起来既保留了鸡的肉香，又增加了口感。更可以佐以米饭，还是那个字：香！

一次同赵峰来这个店吃鸡，赵峰一下子就把他那个馋劲儿暴露无遗。吃得那个欢实劲儿呀，让人觉得他至少饿了半个月了！一边吃还一边叨咕着：

这鸡应该是长在树上的。

他还发明了一种吃法，盛一小碗酸爽调料，加几块鸡肉放进去浸泡，酸味很快就被鸡肉吸收了，再吃。

我也如法泡制了一下，真的是更加美味。不过，调料很费，鸡肉更费！

前几天我去海口，给赵峰微信了一张吃鸡图，很快赵峰就回了一句：

为什么？

意思是为什么没告诉他没带上他？

你们不知道，他太能吃了！即便是上两只鸡，还没过两分钟，他都可以消灭了，等咱们准备动筷子时，就剩下两块鸡屁股了。谁还会跟他一起吃鸡，那不就是擎等着挨饿吗？

他家的炒菜是相当的大排档，特别好吃！

我每次点的菜是：蒜蓉地瓜叶，素炒水芹菜（5月后没有了，老了），韭黄炒鸡杂，冬瓜海白汤。当然，米饭每人至少两碗，因为是鸡油饭，忒他妈香了！你吃两碗停下了，那只能说明你绅士，我敢保证你还想吃只是面子上过不去。

心得：最好点菜时有人能站在橱窗前看着师傅切鸡，这个切鸡的师傅水平特高，你若不看着他切，他可以把两只鸡卖出三只鸡的份。咱倒也不太在意他贪了咱几块鸡肉，关键是他拼进来摆放在下面的肉很差，没法儿吃，咱心里不舒服。

插曲：

一次，省人大一副主任大哥知道我到海口了，给我来了个电话，说晚上请我吃饭，问我想吃什么，我就说想吃这个文昌鸡。过了没有十分钟，他秘书小梁就来电话了：

封哥，老大让魏老板叫去了，晚上不能陪你吃鸡了，特责成我请您，我这就过去接您。

我心里非常明白，啥魏老板啊？这副部级的领导就不想出现在那个店！

刚才说最好看着这厨师切鸡，可我已经没有办法看着他们了，我一进来他们就热情地请我里面坐，他们都认识我，还拿我作托：

北京一胖老板，每个月专门飞海口一趟，就是为了来我家吃鸡。

他们说的胖老板是我。

一边拿我做广告，一边盘剥着我那可怜的鸡肉。其实他们家完全不需要这么做也不少赚！

有时候我就想啊，人心哪，怎么就长鸡心那么大点儿！

34

不记得是多少年前了，我们一家五口人去了趟泰国，那时候小虎还没上小学，我就把我上高中的大侄儿也带上了，一路上好有个照应。

一路上应该说还算顺利，只是一上车就听导游吹牛，说什么他们导游都有带枪的小弟云云。

一路上，我们家的孩子，成了旅游团的开心果，以至于大伙分手时，竟纷纷前来感谢我们，说如果没有我们家儿，这个团哪会如此开心？！

你问为什么，那还不就是两个字：脸大不害臊呗！

整个途中，唱歌跳舞的工作好像被我们家给承包了，老大封帆第一个就跑了上去，开场就来了一首《俺们东北人都是活雷锋》。当然，那时候她还小，但是调门老到啊，熟门熟路地从泰国直接就跑回雷锋的老家了。

人们啪啪鼓掌，我愣是听不明白这些人鼓掌的真正含义，难道都有被虐倾向？

到了住地，买了个西瓜回房间，封帆就跑到厨房冲人家喊：

瓦特妹伦，咔嚓。

唉，这孩子一紧张，连那姨夫都想不起来了，你说这孩子的英语！

一家人倒也其乐融融，直到那天晚上，导游说第二天要去看人妖表演，都得去。我举手说，我们家就不去了，孩子还小。导游一再强调，都得去，要不然别说走时不叫上你们。我当时就喊了几句。

我还就不信了！

我随后就打通了国内大哥的电话，大哥给了我一个号码，是一个中国人在泰国养鳄鱼的。我拨通了电话，说明了我的情况，对方特别热情，知道我住的酒店后，说没问题，一个电话，不出十分钟人准到。接着又给了我两个电话号码。并告诉我跟他干，别怕事儿大！

这个导游还真他妈的混蛋，当我们家人起来要吃饭时，发现团里其他的人已经吃完了正准备出发，他还真想把我家给落酒店里，想跟着走也行，但我们家已经没有时间吃饭了。

我看见导游正站在总台前，我冲上前第一句就是一句标准的国骂：我 × 你妈的，你以为就你们泰国有黑社会呀？信不信我分分钟钟干死你？

多年后，我对我当年的开场白依然很满意。

我心里特别有底气，闹起来咱是有援军的。接着我又从生理学结构上把他妈骂了一个遍，酒店大堂里站满了中国游客，他们像是都很欣赏我的语言表达能力，也像是在替我鼓劲。

这小子见我这么凶，他真的怕了，又是赔礼又是道歉，又是安排我们吃饭。

咱还真不是欺负人那种人，临别前，跟导游分开时，我道了歉，并多给了他1000元的小费。这是冒充黑社会吹牛骂人的代价。

插曲：

我小侄儿回到家跟他妈说：

我老叔骂人也忒难听了，他骂人的话我从来都没听过！

这孩子，他就不知道"文革"那些年我们就没上过课，也不知道在这方面他老叔是自学成才的，从生理学角度骂人是他老叔的专利，将来是准备贡献出来录入新华字典的。

这是水平！

其实，当时虽骂得开心，心里多少还是有点儿担心，还是有些担心打过电话后人没能及时赶到。但心里特别有底的是，养鳄鱼的中国人是泰国的大哥级人物，可能提一下他的名字，导游就得哆嗦了。

直到全家到了深圳，一颗悬着的心方才落地。坐在餐厅等着上菜时，电视里，胡锦涛走在最前面，他们九人组合团队第一次，向全国人民亮相了。

新的一天开始了，新的时代开启了。回到祖国了，在这片蔚蓝的天空下，我没必要再骂人了。

此时，突然不由自主莫名其妙地就想起了大学时代喜欢唱的一首老歌的歌词：

海鸥在飞翔，海水在荡漾。

35

无论是老了也好，还是被理解为嘚瑟也罢，海南的故事，我是不能不写的。

如果要写海南的故事，自然也绕不开一个人，徐家华。

当年跟我打拼的一伙兄弟，后来，大多都跟着我炒股票发了财。

他们一度曾经都很富有，在 90 年代初期嘛，完全可以称之为特别有钱的人。

有一天，我突然发现，我带的兄弟中有多人在吸毒，瞬间，我便意识到危险已经离我不远了。

当年，不管我们如何的胡打乱凿，但我的底线是永远不碰毒品、伪钞。我明白，只要不碰这些，再没有命案，即便再过分点儿最起码也可以保住命。

这些兄弟非常熟悉我以往的套路，他们很快就会因为缺钱而把目标指向我，我已经嗅到了危险的味道：他们下一个目标一定是我。

我迅速做出决定，三天内，卖掉房子离开海南岛，避开他们。

我找到了朋友徐家华，说明急于变现的事儿：

一套价值 5 万元的音响和一套 1.5 万元的钢琴给你个人，你公司 60 万元帮我把房子卖了。我想马上离开海南岛。

徐家华盯着我看了半天：

你老兄如此急着用钱，一定是遇到了什么难事，明天你到我办公室取钱，音响钢琴你自己带走吧。

第二天，他给我准备了 80 万元！我从他的信用社主任张玉枫处拿了 80 万元。

1993 年，80 万元是一笔好钱！

这就是朋友徐家华。

后来，这帮"老兄弟"果然向我发难了。

房子卖了，老婆孩子送走了，已无后顾之忧的我在我的几个铁杆兄弟的全力帮助下，自然可以从容地面对他们，成功地应付了那场"事变"。

感谢徐家华在我最需要帮助的时候大度出手，这份情谊，终生难忘！

36

无意间翻看新闻，竟然发现了一个既熟悉又陌生的名字，一个失联很久又愧对的人——范日旭。

故事还得从遥远的 1989 年讲起。

三姐介绍一锦州老乡张广生来海南投奔我，想要包出租车开。

当时，海南的范日旭刚刚组建了顺风出租车公司，买了一批车回来。我帮张大哥租到了一部车。

最初的一个月，生意非常红火，赶上我朋友搞的一个活动包了张大哥的车：张大哥专门负责接待演员们，那几天，他大多时间都是陪着歌手张行。

谁知道好景不长，海口到处修路，生意惨淡的同时，短短两个月时间，张大哥竟被歹徒劫了三次。

心灰意冷的张大哥提出退车，你想人家能干吗？

那几天，张大哥是满嘴的大血泡，嘴里散发出难闻的气味……

那时候，我还在望海国际大酒店工作，还没有开始带兄弟。但看到张大哥这样，我就想赌一把。

当时酒店有个同事是天津人，叫王旭龙，酒店的美工，特点是长得像个流氓。我跟张大哥和王旭龙一商量，拼一下，赌一把！

到顺风办公室时，范日旭刚好在。我模仿着流氓的口吻开始说话了。

小时候我就有个英雄梦，梦想不是当解放军而是想当梁山好汉。后来看了《佐罗》，觉得能像那样劫富济贫就更有意思了！

尽管我当时学得很像流氓，可人家根本不怕我们，边说话边往里面他的办公室走。

当时我领会错了，以为他要报警，一紧张，我拿起桌上的玻璃烟灰缸就砸了过去。

烟灰缸砸在了他的后脖颈上，他一下子就蹲下了，我赶紧跑了过去。

他一边歪着脑袋一边往后尽量躲着：

退，退还不行吗？

他理解错了。我从来没有用任何物件打伤过人，当时我特别害怕，以为打死人了，跑过去是想救他！

因为车用了两个月，他们扣了张大哥两个月的租金。

张大哥开心地笑了。

1992 年，在台达高尔夫球场巧遇了范日旭。

跟他一起打球的是我的老乡、朋友。当得知他陪的是范日旭

一封语江湖

时我大吃一惊，但我还是勇敢地走了过去，握住范总的手，说了一句对不起。

范总早就忘了那件事儿，听我说完后，他笑了笑，拍了拍我的肩膀：

改天一起喝茶！

那次是我第一次以"坏人"的身份取得的胜利，可能因为感觉不错吧，后来，我竟然刻意向这条路上发展起来。

那时候的我，野心特别膨胀，特别想做那种前呼后拥的大哥，以至于后来险些不能自拔。

好在我骨子里是个好人，良心未泯，人性未灭。该放下时还能立地就放下了。

阿弥陀佛！

37

　　昨天，意外地接到了老处长陈颖全打来的电话，思绪，瞬间就回到了 1989 年。

　　那是海南建省的第二个年头。

　　海南迎来了建省后的第一次国际赛事——首届丸红海口国际马拉松比赛。

　　海口气候温润潮湿，选手们把这里当作了能出好成绩的地方，国外报名参加比赛的选手一下子就突破了八十多人，海南省政府相当重视，国家体委也派来了数位日语翻译。

　　在定谁为首席日语翻译的问题上，发生了一点儿分歧。国家体委认为，海南不可能有合格的日语人才。

　　当时，在辛业江副省长和陈克勤副厅长的坚持下，国家派来的数位翻译还是坐到了"第二排"。

我当时真的没负众望，成功地完成了首席日语翻译的工作。

比赛一结束，辛业江副省长就指示陈克勤副厅长把我调进文体厅外事处，就是在那个时候，我结识了海南籍大作家、我们外事处的陈颖全处长。

这里还有一段小插曲，当年，我和望海国际大酒店签的是十年的工作合同，经理老连瑞不肯放我走。

当得知他是转业干部后，陈克勤副厅长亲自到他家去看他，陈克勤副厅长曾经是海南省军区的政治部主任，结果老哥俩一见如故，我才得以顺利到文体厅外事处报到。

我之所以仅仅待了短短的几个月，这可跟陈处长没有关系。

1989 年 6 月后，外国人已经不大来了。没办法，每天重复着同样的事儿，这不符合我的性格。

很快，我再一次离开体制内，注册了海南第一家以公共关系为核心业务的公司——海南达信公共关系活动中心。

一开始，我就聘了七位极其牛掰的人物作顾问：

省政协副主席章锦涛

省高院院长丁果

省高检检察长李天相

省科技厅厅长刘须钦

海口市副市长丁世龙

海南武警总队参谋长杨寿华

《人民日报》海南记者站站长罗自苏

我先后举办了数次钓鱼比赛、麻将大赛及各种联谊活动。

海口农业银行行长钟文，还专门为我们举办过封仪、潘红丽登岛三周年的纪念活动。

回想一下，那时候我就已经狂得够可以的了。

那时候，我公司拥有一百多兼职公关女孩儿，他们在业余时间来参加我举办的各种社会活动……

陈处长的电话，又一次让我回忆了这么多，我觉得这是海南情结所致。

是海南，留给了我太多的美好回忆；

是海南，给了我一块与他人公平竞争的平台。

在此，我要特别感谢一下陈处长，在我人生最迷惘的低谷期收留了我，一个真正是整天吊儿郎当的我。

谢谢了，处长！

王栋，资深闯海人，一个疯疯癫癫的才子。

打他一登上海南这片热土，就开始书写起闯海人王栋的传说。

近十五年来，央视至少播了他五部以上的电视剧，他现在正做的《徽班进京》，一定是明年央视一黄的菜！

我把他视为靠央视吃饭的专业户。正因为跟央视的某领导走得太近，所以嘛，也曾跟着该领导吃了几年秦城体系的标准伙食。

至少有五个以上的闯海大佬津津乐道地跟我讲过他当年的故事；至少是过了 28 年后，江湖上还有他的传说。

他一直视我为兄长，无论是进步了还是遇上困难了，他总会在第一时间出现在我面前。有时候是来报喜，有时候……

大约半个月前他又来了：

哥，我又得离开你一段了。海口让我回去，这回他们要对我下手了。

我很想帮他，但力不从心。不过我清楚，关于漏税的事儿，补齐了也就不算是事儿。

我自然又是一顿宽慰的嗑儿，感觉到他真的听进去了。他站起来，用力握住我的手：

哥，我去了，完事了我再来看你。

看着他雄赳赳向外走着的背影，我的心里还是有点儿酸酸的。

当年闯海的毛头小子，马上也是知天命的人了。本来到了该闲看庭前花开花落的年纪，可竟摊上了这样的事儿。

不过想一想，他是闯海人出身，这点儿劫难也伤不了他多深。

前天后半夜，被尿憋醒了的我，看手机正一闪一闪的，王栋的电话进来了：

哥，我刚刚从看守所出来。

祝贺一下，明天中午一起吃饭吧。

原本我还准备了几句宽慰祝福的话在酒桌上说，可一见他，我知道没必要说了：

他就像每次刚从海外旅游归来一样，竟是一身兴致勃勃的劲儿。

这儿小子已经走过了八十多个国家！

什么都不需要再说了，这家伙坚强着哪，就像打不死的小强。

也许就是冲这一点，我才会特别欣赏他。

已经好几十年都不再进娱乐场所的我，昨天也学起年轻人，去"泡"了海南歌王冯磊的老海南音乐吧。

冯磊不单是海南歌王，还是位成功的企业家，一位特别有想法的年轻人。

他在海南开了几十家呀诺达酒吧连锁店，养了四千多员工，家家店都赚钱。这在当今的经济环境下显得尤为耀眼。

回忆对比一下北京的酒吧，当年我也曾是喜欢泡吧的人，我记得当年最喜欢的就是东方斯卡拉。

酒吧里一坐，手中拿着啤酒瓶子，欣赏着演出的同时，当当当当地合着节拍敲击着铺着厚厚胶皮面的桌子，稍一不留神，女歌手已经在你桌子上跳起来了……

那是发泄是减压。

而海南不一样啊，他们每天都过着优哉游哉的生活，生活中本来就没有压力，所以，酒吧里的生活也显得别样，歌手与泡吧的人完全融为一体，你甚至都分不清谁是歌手谁是观众。

听着容易暴露真实年龄的老歌旋律，你自然而然地就会跟着浅吟低唱起来，但没有人会注意到你，对于别人来说，你就是酒吧里一道具而已。

这就是海南，我喜欢。

因为老海南的酒吧有特点，饭菜又特别好吃，当然，酒吧里你要点餐是肯定没有，那是老板专门为我炮制的。

那儿做的菜太好吃了，以至于我时不时地就杀将过去，每次都不是一个人，有一次我带了27个人去蹭吃蹭喝。好在到目前为止冯磊还没有开始烦我，你们谁要是想一饱口福可得抓紧，像我这样老是白吃白喝的人，估计很快就该被冯磊从朋友名单中拉黑了。

在其乐融融的氛围中，我看到了远处飘逸的烛光下，一双明亮的眼睛正看着我，那是冯磊的双眼。

嗯，看来他现在还没开始烦我，我估计还有机会……

40

闯海人在一起，真的就有聊不完的话题，这就是海南情结吧。

昨天，张景月跟朋友来风仪坊小聚，聊的，都是当年闯海时的故事。那种怀旧，绝不单是因为老了。

我们曾经追求过，奋斗过，我们在当年那个计划经济的年代，玩出了一种新的活法，让全世界瞩目。

我们天生就是一伙最勇敢的人！

闯海，是中国梦的开始；闯海，打造了民营企业家的黄埔军校。

严格地说，今天中国所有行业的领军人物中，前十位，至少会有一半是当年的闯海人。

老骥伏枥，志在千里。

今天，年轻一点儿的闯海人，也都奔五了。我们聊着聊着，难免要聊到一些共同的朋友，真是唏嘘感叹，酸甜苦辣杂陈啊！

在这个仍以成败论英雄的时代，我们似乎可以被别人高看一眼，但发财，绝不是我们当年闯海的初衷！

我们当年闯海想要的是什么，我想，只有我的同龄人才会知道，只有闯过海的人才会懂。

当年，我们在海里折腾时，太多的中国人可能都希望我们被淹死，这是中国人的劣根性，见不得周边人的好。

今天，孩子们不了解那个年代的历史，当你说起闯海时，他们只会瞪着两只大眼睛，咕噜咕噜地转来转去，心里想的，且是谁让你折腾啊？

崔永元当年来风仪坊，跟我说他因为要做口述历史节目而一度忧郁。常常约好了采访对象和时间，去采访时，人走了……他在与时间赛跑！

当年他的办公条件特别特别艰难，三十几人的办公室，是几台哗啦哗啦响着的吊扇……

他说冯仑也想做口述历史，不知道能不能合作？

我帮他约了冯仑，给他们俩约在了香格里拉酒店的某张台子，同时，分别给他俩发了条短信：

你们俩都是名人，见面自然认识，我就不过去了，要不然还得给你们买单。

冯仑支持了他。

我们，也想将闯海的历史记录下来，传承下去，谁来做？又有多少不相干的人愿意记住我们？

闯海的历史已经有 28 年了，我们不做没有人会帮我们。没有人会记住愿意记住那段历史。

唉，不感慨了，毕竟我们还活着，还是做点儿什么有意义的事儿吧！

张子扬老师，该开工了，《海南往事 1987》，人们还等着看呢。

41

半个月前，好朋友佟刚来北京，给我拿了一箱梨，那梨因为从来没有见过、又因为长得太丑一直被我冷落着。

直到有一天，一伙朋友来风仪坊做客，实在是因为别的水果都吃光了，只好洗了一盘梨端上来意思意思，根本就没想到会有人吃。

看朋友津津有味地吃着梨，并称从未吃过这么好吃的梨，当时我的第一感觉是客人出于礼貌的客套话。

将信将疑中拿起一个梨放进嘴里……天哪！那是怎样的一种感受啊？！入口即化的梨瞬间溢出一大股汁液，齿颊间随之飘出一股清香之气，喉咙深处滑溜溜滚过一丝甘甜。一个字：美！

我顾不了许多，直接拿起手机拨通佟刚的电话：

领导，你拿来的梨叫啥名啊？哪里产的？

就咱家后山的梨呀，好像叫香蕉梨吧？

山上还有吧？快让人摘一千斤给我留着，先放王庆海的冷藏库里！

中秋回到锦州，直奔凌海，让兄弟佟刚，为我在锦州读大学的儿子全班同学备齐了月饼后，又跟着佟刚去给孩子们取水果。

奇怪的是佟刚带着我们开车直接去了后山，心里不禁犯了嘀咕：难道还要让我们自己摘不成？

疑惑间，峰回路转处吃惊地发现，一座占地三亩左右在建的冷藏库出现在眼前。打开已经开始使用的一座冷藏库的门，哇塞，成箱的梨和葡萄堆了满地！我有些吃惊：

这是谁的冷藏库？

你不说让我给你留着吗，怕放不住就建个库，反正将来也用得着。

一瞬间我那个感动啊，要不是他是个男的，或者要不是他长的太高大，我一定会过去搂住他，亲一下他的大奔露头。

可惜够不着！

啥叫哥们儿？啥叫感情？可我没那么说，只是摇了摇头，还故作无奈地叹口气说了一句：

土豪啊！

内心深处嘛……啥也不说了！

42

到上海办事，感谢坊友沈总、姚导、彭筱军的热情款待。特别是姚导，还专门在半岛酒店 14 楼请我们参加了一场 70 后怀旧晚会。

咱也不是那年龄段的人，本来不该去凑热闹，可现在不时兴换位思考嘛，好歹我也离 70 岁不远了，就参加了。

世界太小了，刚坐下，就碰见了大外的学弟学妹过来打招呼。更巧的是，学妹魏芳竟然还是俺的锦州老乡！

高大上的节目后，姚导提出去吃馄饨，耳光馄饨。意思是吃上那馄饨就是打你一耳光你都不会觉得疼！

好家伙，繁华的大上海竟然还保留了一条这样的老街，地面有点儿溜冰场的感觉，倍儿亮且有些光滑。这是典型苍蝇小店的感受，味道一定错不了！看到这些，心先就激动起来。

一封语江湖

竟然找不到一个空位！这可是午夜 23:30 呀！

人们自顾自吃着，根本没地方坐，看得我着急。满眼都是津津有味吸吮品啜的人，索性跟服务员要了个碗和一双筷子就凑上去了。

我觉得凭咱这年龄，随便张口跟谁要个馄饨尝尝，哪个会好意思拒绝？

姚导和沈总笑嘻嘻拦住了我：

老爷子，等一会儿，马上就有位置了！

马上有位置不还得等他们煮吗？我要一个尝尝不行啊？丢你们人了？

竟然有人看着我笑？！

上海人素质就是高，好几位哥们姐们纷纷微笑着站起来，还有邻桌的朋友特意走过来，稀里哗啦给我拨拉进来好些馄饨！

上海人忒热情了！

我当时想到的就是，还是社会主义好啊！甚至一度想到干脆我就此改行算了！

一好心妹子还要给我让座，咱坚决不坐，哪有那时间啊，先尝尝再说！

汤挺淡，不像飘香千里的大骨汤那样浓郁。清汤可能是怕抢馄饨味道吧。

第一个没有任何感觉，第二个感觉味道有点儿特殊，第三个吃出了荠菜香味，第四个已经习惯了这口味。标准化生产的馄饨，大小一致，薄厚均一，没有些许串味儿。点个赞！

两道配菜是猪排和大丸子。猪排味道平平，做法老套。丸子卖相虽差但味道很美，缺点是鸡精放得有些超量。

放下筷子，揉揉肚子，这才心满意足地往回走了。

到这时候了还有服务人员在偷偷笑。

我知道，打今儿个起，上海会有人复制这种穿靓衣以品尝为名义的……你们叫他什么？要饭的？靠，太不给面子了。

沈总可能是怕我难堪，赶紧把他7系的宝马开过来，接上了已经笑岔了气儿的彭筱军我们俩。

馄饨不能说不香，但多少让人还是有一种"豆腐西施"的感受。说真的，当时谁要是真打谁一耳光，怕桌子立马就被掀翻了。

作者注：此篇有戏说成分。

43

　　那是在 1985 年年底，当时我还在江西铜业公司的信达翻译事务所。单位派我出差去广东一带联系翻译业务。

　　在此之前，因为从日本引进的一个大型铜冶炼厂项目刚刚竣工，公司汇集了来自全国各地的大把翻译，工程竣工了，翻译一时就没有活干了。成立翻译事务所就是为了给大家找点事儿做。

　　记得到湛江工业局时，刚说明来意，办事员一面示意我坐下，一面转身就进了里屋，领出他们的主任。

　　主任第一句话就是：

　　你会日语吗？

　　当然。

　　没容得我再说什么，主任一边叫车开过来，一边不由分说就让办事员拎着我的包，拉着我就上了车，直奔无线电器件厂去了。

七个日方工程师，两个翻译，不光翻译少，水平也实在不敢恭维，毕竟只是培训了不到三年的日语。

到晚上吃饭时，日本人脸上就露出笑模样了，他们一直因为翻译少，且沟通上存在明显问题而担心工程进度。

我的出现，无疑让他们看见了光明。

厂长当晚把我接到他们为我开好的宾馆，又专门请我到一座望海的酒店去吃海鲜。

作为真正意义上的海鲜，那是我有生以来吃过的最美的一次。

席间，厂长恳请我能多住一段时间，条件随我开。

其实，有这种美味享受，所有的条件已经变得不重要了。

最后，我答应私自为他们干五天，包括晚上要培训他们那两位翻译。

为公嘛，他们的资料让我们公司来翻译；为私，每天给我个人 60 元的报酬。

要知道，我作为大学毕业生，算是高薪也不过是一月 58 元，这对我是太有吸引力了。

接下来就是天天海鲜，顿顿大餐，晚晚卡拉 OK。

那时的卡拉 OK 还是拿着歌本，放着卡拉 OK 机器中的音乐。

因为全是日文歌曲，又是陪着日本专家，这也可以当作我对两位翻译的培训了。

日本专家高兴得要命，因为我不光口语好，还可以用日文讲很多成人笑话。为了能让我多待几天，这伙日本人是轮番给我"行贿"：今天这个送一包打火机，明天那个送一打丝袜，再不就是酱汤料之类的……今天想起来都有些令我汗颜的小礼物。

当时可是稀罕得紧啊！

单从这点看，中国改革开放这些年的成就是何等的显著啊！

五天后，我兜里揣着300元大钞，带着一批需要翻译的资料，美滋滋地坐着火车返回单位了。

44

专程赶回锦州，参加我心目中的"臭流氓"我的好朋友小卓父亲的八十大寿。

也许有人会问了：

既然他是臭流氓，你干吗还要专程赶回去？

在这里我必须得说明一下：

他无疑是一个流氓！但同时，他还是一个大孝子！一个懂得滴水之恩涌泉相报的人！在这一点儿上，我认他，认他是一辈子的兄弟！

李叔生病期间，他一直留在锦州，床前床后侍候着。问他苏州的项目进展如何，他依然操着惯用的流氓腔调：

操，那鸡巴玩意儿啥时候干不行？

然后头一撇，嘴一歪：

我就这一个老爸！

不记得是哪位作家曾说过，好像是孝子无大害？我对这句话的理解是一个懂得孝道、懂得感恩的人，他坏不到哪去。

正月期间，小虎妈妈被 120 车送进了 ICU（重症加强护理病房），不知道小卓是从哪里知道的消息，在第一时间，他就微信转了两万元钱过来，接着就直接拨通了我的电话：

嫂子对我有恩，嫂子一定要抢救过来！多少钱无所谓，你给我个卡号，我先转 100 万元给你！

小卓最初来北京时，不过就是吃了几顿他嫂子做的饭而已，可他把这些简单的饭菜视作他人生低潮时的一丝曙光、一线希望！

他这份滴水之恩涌泉相报的真情，深深地感动了我。

虽然，他嫂子最后没能坚持到花上小卓的钱，但这份情意，我们全家人，心领了。

我不管别人如何评价他，他在我的心中，永远就是两个字：

朋友。

不管他是不是臭流氓，尽管今天他仍然会一言不合，就靠拳头来说话。可他在我心中，却是一个可以做一辈子朋友的人！

也许是 19 年没有换手机号码的缘故吧，近些年，经常遭到骗子短信电话骚扰。

本来，我告诫自己，但凡是陌生号码来电，一律不接。可一到荔枝蓝莓杨梅的丰收季节，南方的朋友们经常喜欢快递些水果过来（人缘好，还真不是在吹），只好阶段性破例开始接些陌生的快递手机号码（座机是绝对不接）。结果，还真遇见了两个大骗子。过程很有意思，我就实况转播一下。

老袁把电话递给我：老哥，找你的。

对方问：他是谁呀？老袁。他怎么拿你电话？那是他的电话。你号码告诉我，你自己到一边去接电话！

不用，你有事就说吧！我知道遇见骗子了。

对方说话了：你们家是不是住在某小区某某楼某某号？

对呀。

我是东北辽阳人，叫阿龙，是混南城黑社会的。你听说过我没有？

从来没有！

你的意思是说我名字还不够响呗？

响不响关我屁事！痛快点儿，找我啥事？

你得罪人了你知道不？

得罪人又不是一天两天的了，关你屁事？

有个大哥要你一条腿？

我笑了笑，是吗？你杀过人没有？杀过几个人了？

轮到他愣了：什么意思？

你去杀个人，或者劫辆运钞车啥的，做点大案子！别他妈竟干这种傻逼都会做的事儿行不？真他妈给黑社会丢脸！

我随手挂断电话，想象着骗子沮丧的脸。

最近一段时间三天两头就接到陌生电话发来的短信，大意是你的照片已经上网了，后面还真链接个网址，可我老打不开。

昨天，接听了一骗子电话，开头又是这一套：你是封仪，身份证号是……

没错。

你常去海口喜欢住国商海航酒店是吧？

听到这儿，我基本上已经判断出骗子类型。果不其然：

你上次跟那个女人的照片在我手里，你看怎么办合适？要不我传网上去？

我若无其事地问：

是照片还是视频？

有照片有视频。

视频有多长时间？

从你一进房间到你离开酒店全有！

我说的是干活的视频有多长时间？

嗯？你什么意思？

我的意思是想请你把我干活的时间弄长点，弄完了你再传上去。我多给你点儿钱，真的。

我想你们绝对想不到他会说什么。他竟然恼羞成怒地挂断电话，临挂电话前竟恶狠狠地说了一句：骗子！

我不是骗他的，我是真想能看到我招嫖时被录下的视频！

年龄大了，特别遗憾的事儿就是在如此大的世界没能遇到真流氓！如果流氓在我当年下榻的酒店安个监控器，再把我招嫖的过程录下……天天能看上两遍当年曾经拥有的生猛，那该是多么享受的一件事儿呀！

而如今，看来只能是回忆回忆回忆……

46

1977 年 9 月，我告别了故乡锦州，插队到原锦县谢屯公社的枣坨子大队。

记得是锦州纺织厂的大货车把我送到枣坨子的。

那天的风，有点儿像今天的沙尘暴，刮得天空灰蒙蒙的，因为是背对着风坐在大货车上，到青年点儿时，已经不是一句灰头土脸就可以说得过去的了。

晚餐是大饼子白菜汤，头一次吃青年点的饭菜，觉得还是可以接受的，最起码，大饼子管够。

于是乎，扎根农村干一辈子革命的决心，不免就愈发强烈起来。

第二天我起得很早，铆足了劲儿想表现一下自己，咱不是打小就爱出风头嘛，我已经下定决心，一定踢好头三脚，让他们看看咱的实力。

我打小就练武术，我认为，咱这身体要是干起活来，绝对应该是一把好手。

队长见我是新来的，分配我和妇女们一起去砍大白菜。

我拎起菜刀掂量了一下，比我练武术的刀既轻快又顺手。我暗自得意起来，看来，今天该是我表现的时候了。

下午三点左右吧，我已经被妇女们拉得很远了。妇女们开始往地头搬菜了，我面前，还有分配给我的好几垄白菜没有砍完。

我真的不是偷懒，我已经累得上气不接下气，我觉得，我就要死了，就要累死了。

我鼓足勇气，晃晃悠悠地走到妇女队长面前，终于说出了憋了半天的一句话：

队长，我想休息一下，我可能快死了。

队长什么还都没有说，我已经像滩烂泥一样堆在了地上。

汗水和泪水混在一起，朦朦胧胧地看见，队长好像在砍我垄上的菜。

当我开始可以正常呼吸后，我艰难地站了起来，发现我也可以开始往地头搬菜了，我垄上的菜，被队长砍完了。

第一次我搬了四颗，第二次我搬了三颗，最后，每次就只能搬得动两颗了。

收工回到青年点，我接过伙食管理员小朱递给我的白菜汤，一口气就喝光了。当我端着空碗接过几个大饼子的时候才发现，菜被我一口就喝光了。

咸菜疙瘩特别咸，我就着咸菜疙瘩咬着大饼子，这时候我真的绝望透了，不知道明天我能否会活着回到青年点。

打退堂鼓那种事儿，我又不会做，知道想打退堂鼓也已经没有退路了。

事实又告诉我，不出工是绝对不会被允许的。

我不记得那些天我是怎么活过来的，只知道，无论干什么活儿，我永远都是最废物的那个。不知道过了多久，一天，我正在刨冰冻的粪堆的时候，忽然发现，我的两个中学同学孙绍先、常革新结伴来看我了。

他们带给我一个好消息，其实这个消息我早几天前也听说了，他俩来却直接对我说：

你要参加高考！

在这样的繁重工作下，别说是复习了，不被累死就是万幸的了。

我突然想起前些天得到的一个信息，离我们谢屯公社不远的石山镇五七小学，以前有过武术队，后来没有会武术的老师了，就停了下来。

当我一通拳脚刀枪的比画后，李校长当场拍板：

一个月 30 元工资，教体育。

今天的孩子们根本不知道那时候 30 元意味着什么，30 元工资，在当时就是高薪了，至少相当于今天月薪 5000 元的水平！

30 元还是因为我说，我还会英语才得到的。

我还真给他们代过英语的课，肯定属于误人子弟那伙的。

后来听说五七小学的很多孩子还考上了大学，我特别不理解。

唯一的解释可能就是，考上大学的孩子都没有听过我的课。

最后，我还是没能扎根农村干一辈子革命，成了革命的逃兵。

我在另一个领域也曾想为四个现代化做一些贡献来着，到老了依然一事无成。

碌碌无为的一生，再有个三四十年也该落下帷幕了，迄今为止，也没能给社会做出过任何贡献，我遗憾！

看来，将来只有自己的器官说不定能对后人有用了，可就连这一条恐怕我都做不到了。

老乡、协和医院泌尿科主任纪志刚先生在医疗战线浸淫三十余年了，早就练就了一双多普勒般的锐利眼光。

前几天我们哥俩见面了，他上下打量了我一眼，突然地对我说了一句：

封哥，你咋把肾给累死了？！

47

今天讲几个小故事，就吹吹我几段蒙人的所谓大师经历吧！

当年，锦州的一些小兄弟无聊之时，经常就让我给大家测字。我就让他们随便写个字，装模作样地帮他们预测一下。

其实，咱哪有那个水平啊，基本上就是凭经验，瞎蒙。不过，咱说的肯定是头头是道，有时候，还真能蒙得他们神魂颠倒的，我觉得这也算是水平了。

一个哥们在内蒙古买的矿，据说品质挺好，眼瞅着大把的钞票就该进账了，正在兴头儿上，他写了一个字给我，问他的财运。

他志得意满地写了一个永远的永字递给了我。我接过一看立马就对他惊呼一声：

糟了，你这个矿怕是没有你想象的好。

为什么？这个永字怎么不好。

永字是水字上加一点，水为财，这个字说是一点水，就一点儿财。你这个矿怕是不对。

我蒙对了，他那个矿石头虽大，但绺裂太多，是个废矿。

此人姓辛，锦州人。

还有一个哥们，当年准备做美国的一个叫生命荷尔蒙的喷剂，喷一下人体会有什么改变云云。当时这个产品特别有卖点，高科技，所有人都看好。哥们也给我写了一个字：生命的生字。这个字在预测领域特别常用，有他的一个特定解释：

无论做什么都成不了，牛过独木桥，难哪！

那哥们当时认为绝无不成之理，后来果然无果。这哥们现在三亚，杨姓大企业家。

我一发小姓吴，他问我他的身体健康情况，写了一个字，顺利的顺。我看了看就来了一句：

不好。

怎么说？

一叶孤舟江河上，日下。

这哥们今天的包里，依然常常带着治各种疾病的常规药物，不时地拿出来就吃上两片，却从不坚持做我发现的、于身体特别有益的健康运动。

他认为药是花钱买来的，不能浪费，那家伙，药片子都敢论斤吃。

还有一小兄弟，竟然是写了一个字问婚姻。他一说问婚姻我这心里先就咯噔了一下，我当时想的是无论他写什么字，我都会往一起撮合他们的，俗话说得好，宁拆一座庙，不拆一桩婚。小兄弟写了一个鲁迅的鲁字，我一看马上意识到这应该是女孩的姓，再者，字上也告诉我结果了，用不着胡说八道来保他目前的婚姻了：

你和她没戏。

她老婆我认识，我知道他老婆不姓鲁。这个一定是当下他所处女孩的姓氏。

老哥，为什么说没戏？

非常简单，鱼在日头上晒能活吗？能有未来吗？

小兄弟信了，毅然将这段恋情轻轻放下，一年后，和原配夫人喜得两个大儿子，今天，小两口相濡以沫，过着优哉游哉令人羡慕的小日子。

其实，还有更神的案例可以供我用来吹牛的。

家乡北京一领导去乡下买别墅，请我去看看，刚进他家院子的门往对面一看：

领导，你对着的是大凶的宅子，可能对你不好。

我这都交钱了，还有办法吗？

没问题，搬家时你告诉我。

领导搬家了，我让老袁到市场买了一块太极镜送给了领导，让他挂在屋里对着对面的房子。领导信了。

领导带队到美国学习创业板半年，回来了专门电话我过去吃饭，席间领导特别感慨：老封，你真神了，你说我们家对面那家是凶宅，还真是，我们搬进来三个月还不到，对面丫头她爸爸就没了，前几天我从美国回来，就见丫头老是自己在家，偶尔扫扫院子，昨天我随便问了一句：

最近怎么没见你妈妈呢？

丫头说，她妈在她爸走后的第四个月也走了。

后来这个领导升迁，他新任职的单位建了一座二十几层的大楼，这位领导还专程邀请我过去给他们单位看过风水。

领导认为我就是大师，还属于那种有成功案例的大师。

记得那天一进电梯，他们单位好几个人都谦虚地边鞠躬边对我说：

大师，您好好帮我们看看！

我心中不由得一阵暗喜，哈哈，我成大师了！

细细回味了一下做大师的感觉，心里多少就有了一丝自豪感，我也算不简单了，也算是啥饭都吃过的人了！

领导过年回锦州，与一市领导吹起了我的大师本事，我随口就问市领导，你办公室身后那幅画摘了吗？领导回答相当简洁：

不摘我能上来吗？

领导在县里任职时，身后挂着的是一幅瀑布画，我让他秘书把画摘了，那瀑布水稀里哗啦老向下流，人如何能往上走？

又让我蒙对了！

领导很快就回到市里任职了。

其实，这些都是凭着阅历蒙人的东西，说白了，这些怪力乱神的东西连我自己都不信，又怎么能帮人预测呢？

总结一下做大师的心得，就是要敢说，一旦遇见我这种脸大不害臊的人，我又有什么是不敢说的呢？

你来找我算，我觉得你先就被我涮了。好在本大师从来都不收人一分钱，只骗一顿饭吃就行了，只要弄点儿好吃的，本大师随时都可以出马。尤喜各地特色小吃！

算了，涮了。算了！

48

小时候，我是在姥姥家长大的，一起的还有二姐三姐。

姥姥家住在彰武县城西，属于一个生产队，从小就知道姥姥是个有争议的人物。生产队老把她拉去批判，让她反省。经常看见别人都回家了，姥姥一个人还要在地里多干一会儿。

很不幸，姥爷家棺材铺开业那天，噼里啪啦的鞭炮声响得正欢实的时候，解放军进城了。

解放军根本就不承认那是欢迎他们的鞭炮，结果，事儿大了。

有一天中午，突然听我姥爷嗷的大叫一声，没几分钟，我姥姥出来对我说：

去你老姨家告诉你老姨，你姥爷没了。

后来听人说起是脑溢血。

那时候生活特别苦，晚上还经常陪姥姥去生产队开会，经常是姥姥坐在地下，翻过一个竹篮子式的东西坐在上面不断地讲反省自己的话，内容早就不记得了，唯一记得的是大家都特别喜欢我，说我眼睛亮，将来一定会有出息。

那时候虽然小，但夸我的话和夸我的人，我都能记住。

有一天，夸我的叔叔来到了我们家门口不远的地方，吆喝着卖豆腐，我就和姐姐们说这个人我认识，姐姐们多聪明啊，她们让我去问问，我买豆腐要钱不？

那个叔叔一看是我，当时就说：

快拿碗去吧，你买豆腐不要钱。

我拿了个最大的碗，不记得是捡了几块，只记得那次屁股被打得疼了好几天。

姥姥打人是用笤帚疙瘩，满院追着我们打，不如我爸爸打我们文明，我爸爸是让我们褪掉裤子，趴在炕上一排，再抡起皮带打。姥姥追得狠，打起来不疼但吓人。老爸可真是往死里打，人家说虎毒不食子，我爸是狮子。

不知道为什么，姥姥经常和老姨打架，每次都是姥姥喝了酒回来就开打，不是嘴仗，是真的像摔跤比赛那种。我则躺在一个小屋里，看汽车灯光照在墙上通过时的影子。很好玩儿，可隔壁的事儿又很害怕。

今天，琳琳大了，和她妈也老掐，唯一觉得心安的是他们娘俩多是打嘴仗。我有时候会想，掐架可能是母女之间最好的沟通方式吧。

姥姥对我特别好，姥姥最后一段时间是住在我们家，我放假回到家，那一段时间经常发生的一件事儿是，每当妹妹封硕刚一上学，姥姥就会从怀里掏出一个油乎乎的纸包，剥开几层油纸，拿出一块还热的肉，我甚至都忘记了是什么肉，边递给我边说：

快，趁热乎吃！

妹妹封硕她没有带过，自然把她当成外人了。我有时候也内疚过，可面对如此美味，自然也就忘记了家里还有个妹妹。

姥姥走时，在给姥姥的花圈上，写着的外孙媳妇的名字，竟然跟我今天的女人一点儿都不搭界，那其实是一片过眼烟云！

有时候我觉得如此不认真地生活，是不是有点儿对不起最疼爱我的姥姥。好在今天我可以负责任地对姥姥说，你外孙子不缺女人。你老当年说得对，女人就是侍候男人的人，女人就是给男人穿衣服穿袜，揉肚子洗脚的人。

你外孙子正是按您说的成长发育的，今天，我已经长成了没人给穿袜子穿鞋，就只能光着脚丫出门的人了。

除了肚脐眼，你外孙子再也够不着自己身上的任何部位了，好在，他拥有愿意侍候他的女人。你外孙子睡梦中有时候也会笑醒，看着躺在身边的女人，他特别想说的一句话，特别想喊的一句口号是，女人万岁！

你外孙子时不时地也会想起高尔基的那句话，大意是：

没有妇女便没有爱

没有母亲便没有诗人

也没有英雄

你外孙子这辈子怕是离不开女人了，因为他既是诗人，同时，也是英雄。

最起码，我自己是这样认为的。

应该是 2004 年、2005 年的事儿吧，我跟海南电视台的台长宋锦秀签了一份协议，联手拍摄电视节目：《激情回忆——第一次登上海南岛》。

当时是想采访 1988 年登岛的闯海人，做个人文类的电视节目。

海南大学人文传播学院的院长孙绍先非常支持，研讨会也在他的支持下开过了。

风仪坊组织了一批海南回来的大佬也开始了闭门论道。然，响应者寥寥。

有的说海南是我开始堕落的地方，有的说海南让我太早就成为了男人，有的说海南是一个蝇营狗苟藏污纳垢的所在。

我明白了，那时候要做海南的节目，确实有点为时尚早。

刚巧，我的老乡宋锦秀台长工作也发生了变动，给了我一个顺坡下驴的机会，张罗了一流十八开的电视节目，搁浅了。

一天，突然接到时任《天涯诗刊》总编的李少君的电话：

你猜我跟谁在一起呢？

我知道，他边上的人一定是我当年的闯海伙伴无疑。电话里传来的声音是激动而又颤抖的：

我是吴世平，封哥，总算找到你了！

声音虽然有些陌生了，但名字，不单是记忆犹新，还包括他的形象都不曾忘记半点。

我们俩都是学日语的，他主修俳句，我知道他的文学功底相当了得！

我还在做公共关系活动中心秘书长的时候，搞了一次规模较大的活动，我让他给我准备的发言稿。当他把稿子递到我手中时，我快速浏览了一遍，那一刻，我就被折服了！

文笔好得出奇，甚至到了让我原封不动一字不差地去宣读的地步！

终于，我俩在风仪坊见面了，一晃，已经阔别整整二十五年。

当得知他在央视《见证》栏目任制片人的时候，一下子就让我想到了当年我想做的《激情回忆——第一次登上海南岛》节目的事儿。

我还欠海南人民一件事儿，我曾经忽悠过闯海人！

我马上提出能不能做一个十集的《闯海》专题节目，吴世平迟疑了一下：

可以是可以，因为不是央视选题，央视不会给钱。

多少钱？

大概需要一二百万元吧！

没问题，我来。

我的一位好哥们给我出了这笔钱，我欠闯海人的账终于得以偿还。

我没有忽悠我的诸位闯海兄弟，我对得起海南人民！

记得片子快要拍完时，见到了蒋会成。其间，我曾多次电话邀请他，想让他在节目中讲两句话，但是，都被他拒绝了。

他不单是资深闯海人，还是故事最多的闯海人，他是闯海成功人士的代表。

今天的他跟当年的他比，已经完全判若两人。

当年，他进进出出一定是前呼后拥，那时候，我并没有因此而对他高看一眼；

后来，他经历了一次磨难，他像一个顶天立地的男子汉一样走过来了，而且他的所作所为，让所有的人都不得不竖起大拇指！

他是真汉子！是可以终生做朋友的人——朋友们如是说。

他最终也没有在电视节目中露面，这次见到他时，他不无歉意地对我说：

封哥，我不想露面，但你做的事儿，我会支持的，你看需要我做些什么？

那你就支持 10 万元钱吧。

第二天，10 万元钱到账了。

他，却始终不肯在电视上露面！

睿智的蒋会成，今天又开启了一个全新的时代，他已经让我和曾做过《海南开发报》副主编的吴世平，早已是望尘莫及，只有望其项背的份了。

今天的蒋会成虽然仍是立足于海南，但他所引领的，却是今天中国的一个全新的时代。

他为世人打造了一个最健全最完善的老年健康生活特区和颐养天年的乐园。

我相信，用不了几年，我们这些闯海人，一定会在他那扎堆欢聚，快乐地享受余下的金色年华和真正快乐的时光。

将来可能是这样的情形：

熊伟呀，快点！到贺年他们家斗地主啦。

不去，昨天打麻将，会成还差我 68 块钱呢，我得去他家取钱去。

抓紧点儿吧，今天中午冯磊他孙子满月酒你不去喝呀？

对了，听说老刘当初那个梦中女神金娃也过来……

50

1990 年，海南的经济似乎开始有些复苏，我们也开始有些收敛，再不敢去明目张胆地参与社会上的活动了，尤其是一些非法活动。

也就是在这个时候，锦州一大老板出现了。

他是我的张广生大哥介绍来的，以前我还写过张广生，就是最初来海口包出租车的人。

锦州来的老板叫杜文利，人很敞亮出手又很重，几次卡拉OK后，就征服了我所有的兄弟。不光出卡拉OK的钱，连到第二天早晨的钱，他都包了，人们一下子都开始追起了杜哥，有一段时间，好像都忘了还有我这个封哥的存在了。

杜哥跟我摊牌了，想请我的兄弟帮他运车，就是把他买到的车，负责开到锦州，他提供军牌，路上出事他负责，途中所有的费用他来出，到锦州，一辆车他付一万块钱。

好生意！

对我们来说是零风险不说，一路吃吃玩玩的还有人管。

那时候杜哥啥车都买，我们啥车都运。我兄弟中太多的人都会开车，有一段时间，兄弟们都在路上，因此，大大削弱了我们的战斗力，所以也就少惹了很多事儿，要是这个买卖能持久，说不定我们这个小团伙就成功转型了。

我终于明白国外的帮派之所以能成功转型，那是需要经济基础做后盾的，谁不想平平安安地赚钱。

好景不长，后来在湛江被扣了两次车，杜哥损失惨重。

湛江的警察连军牌的车都敢截！

杜哥收手了，弟兄们又失业了。

杜哥为人特别仗义，我的兄弟们到锦州都受到很好的款待，我兄弟们回来都念叨一个人的名字，说这个人特别够意思，是杜哥的亲戚，叫杜凯。

直到多年后我回到锦州，才认识了兄弟们挂在嘴边的人物杜凯。他也是锦州一个枭雄级的人物，做事有大哥杜文利的风范。

杜文利是在刑警支队政委的位置上出问题的，好像判了五年？

我向来不以结果论英雄，我觉得，杜文利是个人物，是个枭雄。他极其聪明，他这种人，无论在什么时代，他都是食肉动物，都会有他的用武之地。他这一生最起码是没白活，该吃的吃过，该玩的也都玩了，曾经活得精彩、活得辉煌，这就够了！

很多人可能不这样看，认为他已经被剥夺了自由，那又如何？你倒是有自由，活得窝窝囊囊的，连喝顿小酒都要算计半天，有意思吗？

你精彩地活过吗？你的生活中有值得你回味的人生吗？

过程很关键，结果不重要，我把每一天都当作最后一天过我都是快乐的，因为我曾经活得精彩活得辉煌，我做过的很多事儿，可能有些人想也想不到，我所享受过的人生，有些人梦里都不曾出现过。就是他们再活五百年……

这种人即便活得再长，我觉得也没啥大劲儿。

靠！今天的微文似乎有点儿串味儿，但我想说的就是一句中国老话，别以成败论英雄，只要你像个人似的活过，管他什么结果，你的人生，你这一辈子，值了！

51

我的青春哪去了？我似乎还没有年轻过，就已经快六十了！

我还没来得及花前月下的谈一场浪漫的爱情，孩子们就已经接二连三地毕业了。

我还从来没有举办过婚礼，甚至都没来得及收份子钱，就已经送走了我的一个心爱的人。

我真的年轻过吗？

这些年我都做了些什么？

时光一去永不回，留给我的是一串串忘不了的往事。就是这些回忆让我清楚地知道，我的青春没有虚度，甚至每一天都活得很充实。

终日打拼来不及青春了！

我爸爸没有我孩子们的爸爸有钱，那是因为我爸爸出生在那个特定的年代。

我爸爸没有在我的人生中给我更多的支持，带给我的是从一开头就无法与人公平竞争的环境，他在年轻时加入的是国民党。

如果他当年选择的是共产党，那我今天说不定就是高干子弟了，甭管爸爸官大官小，我最起码是一红二代，弄不好今天也混个乡镇领导干干，再贪点儿收点儿，闲暇时徘徊在十几个女人之间，温情而又浪漫地徜徉着……

想想都能从梦中笑醒。

可惜，我要凭自己打拼。

没有任何后台与靠山，没有任何经济来源作你的后盾，行，就行。不行，也得行！

你没有退路！

我的青春，完全是在奋斗中度过的，我知道我跟那些含着金钥匙出生的人不一样，我要靠自己的一双手来改变人生的命运，要自己给自己闯出一条路来，为了下一代不再像我一样平凡！

吃了那么多的苦，冒了那么多的险，在海南那一段时间，我经常被人莫名其妙地就用枪指着了，不知道他的枪是否上了膛，也不知道他枪里是否有子弹，总之你不能慌，一切都要从容处理，因为你明白，一旦处理不好，你就可能没有明天了。

我不甘心！

今天之所以在如此吹捧自己，是因为我和赵峰、观澜湖的范总、陈总在观澜湖高尔夫球西餐厅会所，吃着特色面食，闲聊时突然提及的话题，小毛孩子赵峰突然文绉绉地说了一句：我的青春哪去了？让我为之一振。

连赵峰都开始在寻找青春了，这说明我已经离开青春好些年了。

幸运的是，我的青春没有虚度，今天，我就有资格可以在夕阳下讲那些过去的事情了，我骄傲。

但人生绝不应该就这样完结了，我的感觉是人生才刚刚开始。

多少年前我就开始了人生的第二次规划，开始刻意做职业交朋友的工作了。

想象着别人都退休了我开始上岗。

领导的权利开始卸下来的时候，我培养的朋友资源将日渐成熟。这本来就是我中年时开始的追求。

今天一切都如愿以偿。

在今天的中国，至少有数以千计的人敢说:我最了解封哥了。

是的，我刻意追求的生活方式就是透明地活着，我从不遮遮掩掩，从无秘密可言。我觉得这样最舒服了，包括对身边的女人及所有的女人。最起码中年后一定要这么做。

我分得清爱和花钱买爱，我说过那句话，都年轻过，谁还能没有过几次荒唐的经历。

我觉得像我这种被疫苗打得千疮百孔的男人，才是值得信任的男人，才会跟所爱的人走到最后。

最值得当心的是那种连第二个女人手都没碰过的男人，那才是最危险的人，他中年后一旦出轨，必毁你一生。

靠，你今天究竟想写些什么呀?

你管我写什么!

我想写什么就写什么，这块地盘，我做主。

我连我的青春我都做过主了，我还有什么事儿是不能做主的?!

52

封帆的妈妈离开我快五个月了，我还会时不时地梦见她。这可能是我亏欠她太多的缘故吧。梦中的她，变得更加漂亮了，看来，她在那边应该是过得不错。

火车上邂逅她的第三天，我就给她打了个长途电话。那时候，通讯太不方便了。等了足足有十五分钟，她才从造币车间跑到办公室来接电话：

我过两天要去你们厂。

啊？你来我们厂干什么呀？

看我未婚妻。

你未婚妻在我们厂啊？

是呀，你应该记得，那天我说过我要追你的，你就是我未婚妻呀！

别开玩笑了！

第三天，我拿着大学毕业证书及学士学位证书出现在了她的面前。

那个年代，毕业证书含金量很高，是可以用来骗女孩的。

两个月后，我带她登上了北上的列车，开启了回锦州老家结婚的旅程。

她愣是被我带着私奔了。

那一年，她刚满 21 岁。

当我出现在我妈妈面前时，我只轻描淡写地说了一句：

这是我媳妇儿。

我妈妈半天都不知道要喊哪个人的名字，我妈妈不知道这次我带回来的是谁，应该叫什么。这一点儿我妈心里是有数的，她的儿子是个特不靠谱，是个还没有定性的，没有长大的大孩子。但她也知道，儿子一旦认准了的事儿，是八头牛也拉不回来的。

儿子已经亲口说是我媳妇儿了，那就不会再变了，儿子是最有责任感的人，他一旦说是媳妇儿，这一定就是一辈子。我妈妈在这一点上，对她自己的儿子特别有信心。

妈妈一看见她，就接受了她的美丽：

我老儿子多聪明啊，我老儿子的媳妇儿就应该是这样的美人。

我们家顺利通过了这个儿媳妇儿。

他们家可就乱成一锅粥了。报案了，说是女儿被拐骗走了，派出所知道没有拐骗那么严重，因为她女儿还可以接派出所打来的电话。

没人限制她的人身自由。

后来，万般无奈的她妈妈，开始退一步着想了，电话里反复追问她：

你看见他的大学毕业证书了吗？他真的是大学生吗？

那时候，大学毕业生基本上就像熊猫一样，属于稀有物种。

咱是个敢做敢当的人，春节后，我就送她回家了。

当她妈打开门看着我时，我依然拎着我的皮箱，无比镇静慢条斯理地说：

你闺女我给你送回来了，如果你不同意，我这就走。

她妈只愣了一瞬间，哗啦一下便把门打开了：

进来，快进来！

我正式上门做女婿了。

其实我心里明白，这生米早就做成了熟饭，一切已经由不得你这个当妈的了，说句难听点儿的话，再过几天就不是熟饭那么简单了，要是不跟我，那就该成剩饭了。

她妈妈把我的毕业证书和身份证一起拿走了，下午她妈回来时，手里已经多了一张结婚证书。

县里的结婚证书就是一张纸，连照片都没有。

虽然领结婚证我没有到场，但我明白，这与包办婚姻没有关系。

婚礼上，我还受到了一位副县长的亲切接见与祝福，我连着喝了几天鸡汤后便回到了单位。

一周后，老婆就调到了我们冶炼厂。那时候，在企业里面，翻译还是非常值钱的。

她在我们外宾招待所的总机工作，直到她跟着我去闯海被开除公职。她，依然无怨无悔。

有时候我真想能再问她一句：

今天，你后悔了吗？

答案其实我早就知道，我只是想能再次听到她银铃般的声音。

173

一封语江湖

53

我还有个身份，是骗子。

我并不是从一开始就想做骗子的，只是事出无奈，被沦为骗子的。

那是大一时的暑假，我妈妈单位有个会自己装电视机的叔叔，我经常去他家看一个圆圆的显像管做的电视机。叔叔说是九寸的。

那时候电视机还没有普及，而我是想看就可以看，最关键还是他的电视机能收看到国外台。

加之我是大学生了，那个叔叔是前几年刚刚毕业的工农兵大学生，自然就高看我一眼。

直到有一天我发现了他柜子上的照相机，我提出要借用一下。叔叔答应了。

第二天晚上我就还了回去。

我跟叔叔说，一年后的暑假，我想借相机用半个月，我把我的想法跟叔叔一说，叔叔非常爽快地就答应了我。

大二暑假的时候，鞍山的千山景区里出现了一个挎着相机戴着大连外国语学院校徽的人，他在为游客拍照。每份 0.49 元，三张照片，附送底片，那个人自然就是我了。

工作出奇的好做，还没有到十天，我算了一下，应该净赚一百多了，等我回到锦州的时候，已经应该是赚到近三百元了。

这绝对是跟那个大学校徽有关，人们特别相信大学生！

那时候我的生活费是一个月 30 元，在同学中算高的了。

人要是没有贪心该多好！

我还想多挣点钱。

我买了本关于冲洗相片的书，读了两遍就把我家的窗帘用黑布给蒙了一个严严实实。当我大功告成的时候，已经是早晨六点了。

我发现，胶片冲得很"成功"，人物相片都在上头。

第二天晚上就是印照片了，直到第二天天大亮时方才发现，这都是些什么呀？！

人倒是人，可那画面脏得根本让人无法接受，污点脏水珠到处都是，谁敢把这样的照片寄出去啊！

好在照片才印了一部分，赶紧把胶片拿到照相馆给人看，照相馆说是胶片冲洗时的问题，根本无法补救了，洗不出来了。

抱着一大堆胶卷，我彻底崩溃了！

那时候，我真的无力偿还这么大一笔钱。

我最担心的是他们报案，公安局会追到我们学校。

那半年，我是在惊吓中度过的，但凡谁开门声音大那么一点点儿，我都会吓出一身冷汗。

在千山时，我在山上曾经遇到过英语系的同学，好像叫赵刚，他跟我干同样的活，我怕他出卖我，只要有人一报案，一查，他一定会告诉办案人，那个戴校徽的是我。

直到寒假我坐上了返回家乡锦州的列车，一颗悬着的心才放了下来。

我知道，没有人报案。

善良的人们饶恕了我。

直到今天，我对待骗子们都会辩证地看待：是他从一开始就想骗人还是像我一样，不得不沦为了骗子。

我是一个特别守信的人，可当年我的那些受害人并不知道，当他们偶尔回忆往事的时候一定会提到当年那段历史：

一个小矮个，冒充大学生给人照相，每次就骗四毛九，这个骗子！害得我白跑了一趟千山，一张照片都没有留下！

善良的人啊，请您务必忘了我，世界上哪有那么多骗子呀！你忘了孔庆东老师不是说过：

人之初，性本善。性相近，习相远。

哈哈。

将来我再不给人照相了。

再照相也不给人洗相片了。

再洗相片也一定去照相馆了。

如果事情发生在今天，科学技术进步到了这个地步，你说，我还有必要担心胶卷的成本吗？还会在乎那点儿钱吗？！

我真不是骗子！可我毕竟，还是骗了人。

54

追剧《好先生》，特别喜欢其中的一场戏，就是孙红雷饰演的陆远将自己的挚爱甘敬，托付给江浩坤那场发生在后厨里面的戏。

那场戏表现的是两个真爷们的那份真情和责任感。我特别喜欢这种真性情真爷们。

俺也曾经像真爷们一样做过类似的一件事儿，只是片子中表现的是潇洒，我的表现却略显得有些荒唐而已。

把时针拨回到1996年吧，那时候我在锦州养了二百多只大鸵鸟，当然，那种生意是纯粹被人忽悠的结果。

你想啊，非洲早就有鸵鸟了，也没有见哪个非洲国家因鸵鸟而发达了。何况我们又是以天价买回来的鸵鸟，怎么就中国这个地方风水好不成？养鸵鸟就可以暴富？

直到今天，咱才懂得这个道理。

当时不懂，那时候成天沉浸在发财致富的美梦之中，老想着暴富的机会快点到来。虽然天天期待着机会早日来临，可丝毫也没有耽误当时自己的一个业余爱好：泡妞。

那时候，鸵鸟场建在了凌海的石山镇里。当时，当地的一个企业家有一片房子，办公室也不错，我们就借过来用了。

这位企业家不光企业做得不小，还兼任当地派出所的指导员。属于那种要钱有钱要势力有势力那伙的。

他的办公室平常没人，只留一个女秘书在，那个女秘书就是水女一个。

不单是年龄小，长的还是属于贼拉漂亮那伙的。

姥姥个腿的，她天天在我面前晃来晃去的，晃悠得我心里这个烦哪！

张大哥看出了一些苗头，开始提醒我了：

她是某指导员女朋友的妹妹。

我斜了张大哥一眼：

那怕啥，只要不是他的情人就行。

那时候的我，年轻气盛，不做大哥刚刚没有几天，属于余威尚在的时候。在海南围在我身边的多是厅长局长书记啥的，我怎么会把一个派出所指导员放在眼里。

加之这个指导员前不久曾送敖刚台长去海南报到，在海南时，他就听了大量关于我在海南的江湖传说。

记得那天他刚出差回来，我直接走进了他办公室：

领导，咱们两个男人之间谈点男人的事呗！

他听得有点儿莫名其妙，疑惑地看着我，我拿出我固有的流氓嘴脸：

那个某莉是你小姨子吧？你睡过没有？

什么？没有没有，她姐姐放她在我这，是想让我教她做生意，培养她……

我打断了他的话：

那就好，从今天起，这个培养她的工作你就交给我吧！

我依然记得指导员当时那张吃惊的脸，我的手插在兜里，转身就离开了他的办公室。

我的兜里放着一把白钢做的扇子，扇子头上是一把刀。我当时唯一的想法就是他翻脸我就翻，那时候真是色胆包天啊！

回锦州的很长一段时间里，也许是远离社会纷争后，突然静下来后压抑的结果。

那时候的我，可能突然失去了前呼后拥，突然没人抢着给开车门了，突然缺失了艳羡地盯着我的目光了，一时无法适应，处在一种需要点儿血腥刺激的病态中。

今天想起来，真的是特别感谢指导员当时没有跟我一般见识！其实那时候，谁怕谁呀？人家凭什么就会怕我呀？我有刀他还有枪呢？！

故事当然没有后来了，泡妞又不是搞对象，本就不需要你负什么责任的。哪会有什么结果，充其量就是而已而已！

回忆这些往事，有时候也有心理负担，毕竟孩子们会觉得没有面子，也许他们现在正在一边不屑地撇着嘴呢。

但我必须先要让他们知道，他们的爸爸就是这样的一个人，别等到我走不动了，他们一起过来扶着床框来谴责他爸爸当年如何如何的荒唐。

当年你爸爸所做的一切，都是为了抚养你们长大，你们能够健康成长，离不开你爸爸的冒险、拼搏。你爸爸是假流氓，是饰演的流氓角色。为了博得别人的尊重，我一定要比他们更流氓才行，这也是为了生活。

还记得当年女儿们最常问的一句话：

为什么有这么多人老给咱家送东西呀？

我当时的回答是：

江湖地位。

他们根本不理解。

不理解也没关系，你们毕竟长大了。将来你们在读爸爸这些小段子时，只要能感受到一点儿你爸爸的不容易，我就知足了！

至于你爸爸泡妞的部分，你们直接从记忆里删除就行了。

谁还没年轻过，谁还不兴有几段荒唐的混蛋经历。

妈妈带我们全家走五七道路了，回到了爸爸的家乡义县石佛堡公社官场沟大队。只留老爸一个人在城里，在南山监狱里接受改造。

冷不丁从城里来到农村，着实是新鲜了好几天。我们是冬天到义县的。

那时候我们只要向山里走走，就可以捡到树下的一些冻得邦邦硬的小梨，拿回家放水里一欢，还都带有甜味，足足让我们开心好几天。

生产队的房顶上，堆着喂马的花生秧，我经常悄悄地爬到上面，躲在花生秧堆里，找寻着尚未摘掉的花生，不光是小的，偶尔还能找到一些大花生粒，真是开心死了！

要不是队长老用那大鞭子啪啪地甩着吓唬我，估计花生堆就是我的快乐老家了。

春天到了，日子过得越来越紧迫。每到月底那几天，我们家就断顿了。那时候，我们还算吃商品粮的城里人，只是居住在农村。我也不解释了，反正今天的孩子们也听不懂。那时候国家规定我这个未成年人一个月只有28斤粮食。说到这儿，今天的孩子一准会瞪大眼睛：一个月吃那么多呀？！

你知道吗孩子，那时候我们一个月每人只能吃三两油啊！肚子里没有油水，哪有不饿的道理！

那时候，所有人的健康指标都是正常的。没有一个人的肝上会有脂肪。

大概每月的25号、26号吧，我们家一准要断顿了。

我清楚地记得，断顿后，我妈会起得很早，赶到公社所在地石佛堡。

我爸的一个不远的姑姑姑父是五保户，我叫姑爷姑奶，他们年龄大了，吃得不多，是个常有余粮的户。

妈妈会里里外外为他们打扫一天卫生，再把所有的脏衣服洗了晾上，这一折腾就到晚上了。临了，借上10斤大米就往回赶。到家还有四里地呢。

好在我们早早就把水烧开了，就等米到下锅了。

在等妈妈回来的白天，我们也有办法充饥，这个方法是我发现的，我就不要求专利了。

那时候，每家的后院都种有过冬的大葱，一开春都长出嫩绿的叶子，二姐三姐和我逮谁家摘谁家，摘完就跑，从未有过失手。

回家化点儿盐水一蘸，好不好吃我不敢保证，但中午这顿就对付过去了。

那时候大哥大姐在榆树堡中学读书，住在学校，周六回来住一天就走。

　　说到这儿的时候，我就开始难过了，我 11 岁时，就成了我们家的主要劳动力。每天下学，我必须要上山砍柴，一担子一担子再挑到家里。我哥只在周日那一天，能帮上我的忙。

　　为了我们家能有柴烧，有时候一天要上山几趟！

　　别再小瞧俺个小了，那是在我发育阶段，天天被担子压的，要是没有那些家务活，说不定今天，就是我从国家篮球队退役的招待酒会呢！

　　还有一个插曲，一场大雨后，村里的孩子带我们上山了，没过半个小时，我们就采了好几筐蘑菇，村里人叫它黄磨团。

　　下山回到家才发现，从来就没有吃过比它还好吃的东西了！

　　半个小时后，我们开始上吐下泻，那个难受劲儿，好像今天想起来还是心有余悸。

　　因为太饿，又吃了太多的鲜蘑菇，我们三个全都食物中毒了。

　　庆幸我没有死于那场食物中毒，同时，我也庆幸你们还能看到这篇文章，这说明你们和我一样，依然健康地活着。

　　活着就好，活着本身就是一件值得庆幸的事儿！

56

去澜沧记忆最深的，是听罗局给我们讲的一个笑话。

罗局说澜沧盛产蘑菇，有时候一场雨后，突然就会出现一批批连当地人都没有见过的蘑菇。

一簇一簇地就出现了。

当地人当然不敢轻易吃了。

然而，他们特别聪明，专门派人带上新鲜物种的蘑菇进城去卖，卖出后，他们就开始等消息。

一周内没有人死于食物中毒，那么，这种蘑菇就是能吃的了。

还有就是山里的人经常要进城买鸡蛋，等待喜欢吃绿色食品的城里人来，每天他们也不嫌麻烦，先把买来的鸡蛋满院子里随便那么一放，甭担心，城里人挎个筐，没过多一会儿，就一个接一个帮你捡回来了。

这种蛋这时候就变金贵了，基本上都是论个卖的。

乡下人也没毛病啊，他也没有说这一定就是我家鸡下的蛋啊。

乡下人最开心的是听客人评论饭菜，明明是刚刚从菜场买来的鸡蛋，给客人随便炒了一盘端上去，不用两分钟，客人中就会有人开始评价这个蛋如何香、颜色又如何的不一样，炒菜的师傅当然也没有义务拆穿它，难道香不好吗？

当然，这可不是乡下人想坑城里人，谁让城里人老玩那些概念呢？你们城里人老愿意拿概念蒙人咱就跟你们的概念走呗！乡下人根本就不相信有啥食品是绿色的，不上化肥菜会长吗？不打农药那虫子都是自杀的呀？

乡下人经常琢磨一个问题，城里人一个个白白净净的，可怎么会那么蠢呢？没有人想蒙他们，可他们总是干些自己蒙自己的事儿，还觉得挺得意的。

乡下人总是想：

城里人啥时候能够长大呢？啥时候能变得跟我们一样简单，不再自以为是呢？

57

一天，马力给我来了个电话，说鲍小牛的夜总会要在平安夜开业，他们想借我女儿封帆一用。

后来才知道，平安夜开业那天，他们要在平安夜的祝福声中，送给大家平安夜的礼物，其中还有金项链。

那天的夜总会早早就满员了，我跟封帆妈妈也早早就到了。坐下后我们习惯性地要了一瓶经济实惠的大七喜。

偶尔，还能看到舞台后面的封帆，和一个跟她年龄差不多的小男孩，两人拉着手，一遍一遍地重复着一句话：

叔叔阿姨，平安夜快乐！

晚会开始了，女儿封帆和小男孩拉着手出场了，此时的舞池边已经站满了人。

当平安夜的钟声响起时，随之响起了封帆稚嫩的童音：

平安夜快乐！

声音刚刚落地，一群人便疯狂地冲向了舞池，空中抛洒着好多小袋子，其中一个里面有金项链！

我清清楚楚地听到了女儿的哭声，我本想着是一个箭步潇洒地冲过去，可面对汹涌的人群，我瞬间变成了连滚带爬。我总算把女儿抱在了怀里，可人流一下子再次把我们推倒了。

封帆没事儿，只是一只塑料鞋硬生生地被人把鞋底踩掉了，脚上只剩下鞋面的部分。

好险的一幕，我刚要发火，马力阿姨一把把封帆搂了过去，往她兜里塞了五百块钱。

我抱起封帆走到了她妈妈身边，她妈妈仍心有余悸地叨咕着：

这也太危险了！

封帆掏出钱给她妈妈看：

马力阿姨给我的。

她妈妈脸色依然难看：

走，回家，这也太危险了！

是呀，金项链在当时太有诱惑力了，我当时的身体是超级棒状态，可面对当时失去理智的人们，我也不外乎就是一棵小草，我搂着封帆被人推倒的一瞬间，我还以为我完了，脑子中就一个想法:我会不会被活活踩死？但一双手却把封帆紧紧地揽在了怀中。

后来我想象过，如果那天被踩死了，留下的一定是父亲为保护女儿而死的英雄造型！

那次，让我真正体会到了人的生命竟是如此脆弱。

打那以后，无论遇见什么围观事件，我都离得远远地看，我知道，我不年轻了，我已经没有能力保护自己了，更别谈保护别人。

一晃，那个平安夜已经是二十几年前的事儿了，恐怕封帆早已经忘记了当时的情形，好在有惊无险，她还活着。

可我却无法忘了那天所发生的一切，我知道，作为父亲，任何时候都不能掉以轻心，也许你稍一松懈，孩子们就有可能出问题。

有一次我带封帆去划船，小船突然翻了，我听见了封帆的尖叫，但我还是先站稳了后，回手再把惊吓中的封帆抱了起来：

爸爸你咋不先救我呀？

孩子一脸疑惑地看着我。

大人只能自救后才能救别人。

看着仍然是一脸疑惑的她，我知道她听不明白。

那一年她六岁。

女儿们出去玩儿，我和她妈妈的态度截然相反。孩子们知道了我的态度就跟我讲实话。她妈妈的观点是：

绝不能跟男孩一起出去旅游，所以孩子们就答应她妈。

我则不然，没有男孩一起出去我绝不允许她们单独出去！

我首先想到的是，我的孩子不能有危险，一定要给我安全回来，别的我一概不关心！

每次孩子出去，我都要给他们带上一份联络图，全国很多城市大哥级的人物中，多有我的好朋友。

我天天提心吊胆，想尽各种办法，规避掉一切可能会出现的风险，就为了给孩子们提供一个安全的环境，希望他们能安全、健康地成长。

不能再跟我一样，小时候被人打，也只能无助地默默承受。

孩子们长大了，看着四肢健全其他部位也没有什么伤害的孩子们，我很开心。

请不要以为这是一件简单的事，这是一个物欲横流的社会，看看街边时常出现的一个个残疾乞讨儿，孩子们就应该感激父母了！

　　作为一个父亲，我可以自豪地说一句：

　　我很称职！

58

一天深夜，BB 机响了，知道一定是哪块又出问题了，慌忙爬了起来。

十分钟后，敞篷带加强杠的 212 吉普车来接我了。

这时候车上已经坐了七个人，有几个是公司的保安。我边上车边听情况汇报：

我们公司的保安钱宁，他的女朋友被烂仔用刀给砍伤了。

烂仔跑了。

我们像福尔摩斯一样开始了艰难的排查工作。事发地附近的烂仔头，有可能藏匿凶手地方的烂仔头都被我陆续接上了车。

当 212 敞篷车上坐上第十二个人时，我们便找到了烂仔藏匿的院子。

想一想我们的办案速度，我们自己都有些佩服自己了。

车上已经坐了十二个人，只有我的副驾驶位置前边脚下方的空地上可以塞一个人了。

我让这小子头朝前蹲在我身下，两手按着他的肩膀开始了漫无目的的旅程。

之所以让他头朝前，我也担心他万一拼命，朝我的命门来那么一下，我还不得武功尽失。

抓到他后，事情反倒变得复杂了。

我们也不知道该怎么处理他好，人已经不能再打了。内心深处想的却是他如果能尽快赔点儿钱……

也不知道一车十三个人在海口大街上兜了多少圈，到最后，这小子也没能借到一分钱。

直到一辆拉着警笛的警车追上我们，五个警察形成包围圈向我们围了上来，五只枪口指着我们，我们才逐一举着双手走下了车。到跟前一看，是熟悉的派出所所长。

所长自然是批评了我们一顿，罪犯兴奋地做了警察的俘虏，乐颠颠地坐着警车走了，他知道，他得救了。

钱宁自然是非常感激大家，但是忙活了一个晚上，连一百块钱的收入都没捞着，大家终是有些怏怏然。

我们虽是破案能力较强的团队，但是国家也不给我们丝毫的奖励，等于白替他们抓到一个罪犯。

更可恨的是，据说第二天公安内部通报上写的是：

两伙烂仔斗殴伤人，凶手抓获……

我们抓坏人的人反被描述为烂仔！

天理何在？

我特别想吹一下的是那天晚上，那辆车上竟然坐了十三个人，你都想象不到是怎么坐的！

我想那应该算是那种吉普车的承载纪录了。

我依稀记得那天在车里的人最起码有阿三、宝光、阿龙、黄杰、钱宁、小邢等一帮人，尽管个个武功高超，但是面对指着我们的五把手枪，还不都是乖乖地把手举到了头上。

我们很配合。

那时候哪有黑社会呀，不过就是一伙乌合之众。每次被枪指着时都是紧张得要命，好在那时候肾功能不错，才没有出过丑。

黑社会没有了，社会治安也越来越好了。人们再也不用担心遇见黑社会了，这是老百姓的福祉。

有一次我参加婚礼，倒是着实吓了一跳。

婚礼开始的前两分钟，大灯亮了的同时，突然，一伙人像是彩排好了似的走了进来，衣着各异，煞有介事地在众目睽睽之下鱼贯而入，刚开始我还为婚礼主办方有些担心，别是黑社会的来抢亲？

这伙人挺胸凸肚目无旁人地来到事先戳好牌牌的桌子边又按序坐了下来，到这时，我这颗悬着的心方才放下。原来是企业宣传行为！弄得跟黑社会似的。这年头啥不好模仿，偏要模仿黑社会。

唉，终究不是学表演的，戏份有点儿过。

59

　　落地南昌后，就见到了前来接机的袁郁松父子。郁松的儿子袁恒已经是个小老爷们了。蓄起的小胡子似乎也在告诉我，我已经是大人了，别再跟我玩那套搂搂抱抱的傻事了！

　　记得大学毕业那年，我拎着皮箱走进了我的宿舍，一个眉清目秀的小伙子正在屋里等着我，他是厂保卫科的，复员军人，他就是袁郁松。

　　那时候的我，做事非常不靠谱，床下经常有一个超大个的铝盆，铝盆经常都是被脏衣服填满，直到所有的衣服都脏了后，我才会集中洗一次衣服。

　　袁郁松是军人出身，看不惯我这样的懒人，经常趁我不在时，他已经帮我把脏衣服洗了晾出去了。

　　那时候，业余时间他跟我学武术。

那时候的大学毕业生虽然金贵，可没有哪个女孩愿意理我。除了与袁郁松交流外，应该说，就没有什么额外的业余生活了。

我的档案已经被所有有女儿的厂里的中层领导传阅遍了，谁愿意找档案里有污点的人。当然，那时候工人家庭出身的女孩子，反倒觉得还不具备惦记大学生的条件。

那时候人又年轻，身体又好，发育正常得有些过分，两只眼睛老是在女孩子中转来转去，估计释放出来的应该都是绿光。

我们的家人救了我。

上一次我专门写了我们一家七口人的故事，直到那时候，我才开始过起正常的人生。

能和家里人共度业余时间，一起玩一起疯，拯救了我。

特别有姐姐一样的苑平，带着我们一家人，过着与世隔绝般特立独行的生活，自然是其乐融融了。

冒绿光的眼神，也逐渐变得平和起来。直到我们在互相陪伴关怀下，纷纷走进各自的婚姻殿堂，我们这个家，才算散伙。

我不敢想象，当年如果没有这一家人我会是什么样子？

甚至有时候我都想过，如果没有这个小家庭兄弟姐妹的陪伴，说不定直到今天，我还有可能被羁押在哪个犄角旮旯儿的监狱在安度晚年，因为当年最可能犯的罪，不外乎就是强奸杀人了，那时候，我具备犯那种罪恶的所有基本条件。

我庆幸我有家人的陪伴，才能够耐得住寂寞，才能够安全地走过性的懵懂期并战胜了罪恶。

我家中有个兄弟叫黄永忠，毕业就分配在土建车间，因此我们喊他老土。他属于聪明好学，又特别长于与人相处，因此他很早就进入了企业的管理团队。

他如今在南昌工作，到南昌了，自然要报告领导一下。

黄永忠专程赶来，并把我们一行人带到了一个叫永新独一家的赣菜馆。

这一餐，吃得我都不敢承认我曾在江西工作过，我这种吃主级的人物，竟然头一回，感受到了正宗的江西菜，真的是让我无法忘怀的一餐。

有一道菜叫擂钵辣椒，菜的做法是将做好的虎皮尖椒与炸好的蒜楠，煮熟的茄子还有皮蛋放在一起，捣碎后放点儿调料端上来就可以了。

这几种东西混合在一起所散发出的味道及其口感，绝对是可圈可点！

我一人消灭了大半碗。

还有一道菜是永新血鸭。鸭子切碎后放辣椒煸炒，出锅前，把用当地米酒调好的鸭血放入锅中爆炒，酒香自然浸入到鸭肉中，鸭血形成的红色汤汁十分诱人，入口后鸭香与酒香融在一起，真的是别有风味。再舀几汤匙汤汁拌入米饭中，绝对会美得你欲罢不能。

还有一道主食叫豆粉米果，说是毛委员长在井冈山时最喜欢吃的东西。我就不明白了，那时候应该是反围剿的时候吧，那么苦的条件下，怎么还有这么腐败的食品吃？难道不该去查一查吗，在今天，我吃一口它都觉得是人间美味，难道30年代的中国水平已经超越了今天的中国？！

豆粉米果一盘12只，我一人干掉5只！

黄总在旁边补了一句，其实，豆粉米果是江西相当大众的食品。

我还能说啥呀，幸福的江西人民，你们活得好滋润哪！

　　好在这篇文章是我写的，要是徐锦川，他的结尾一定就是那五个字：

　　羡慕嫉妒恨！

遭遇骗子是很自然的事儿，因为是琼民源的马玉和跟我说，某梦杰已经是新华社社长的秘书了。

所以，当某梦杰出现在我的会所，提出想努力一把，做社长助理时，我犹豫都没犹豫，就给他拿了 30 万元。

心里却像押宝一样赌他的成功。

成功了，我的机会自然跟着也就多了。

这小子真的是才华横溢，像他说的那样，诗词歌赋无所不精。

尤其是拿人名作对，更是分分钟钟的事。

红波的名字刚报上来，书法作品就完成了：

红为百色之首，波乃万涌之先。

女儿封琳也求一幅字，小子提笔就来：

封侯男儿事须眉不让，琳琅女婵娟俯视古今。

他的书法，已经是相当的老到，颇为人赏识，只是骗子就是骗子，再怎么武装终究会露馅的。

其实他也挺累的，每天应该是在新华社附近的酒馆？咖啡店？用座机打来个电话，把当天凤凰社的新闻，神秘兮兮地告诉我。

当然，像我这种懒人直到中午才能看见新闻，那时候就等于验证了他消息的准确性，自然又莫名高看他一眼。

他说他的女儿是如何如何的优秀，年年是天津市的三好学生，奥数冠军云云。

直到见到他女儿时，我才开始怀疑他的真实性。

那分明就是一个呆头呆脑、不具一点儿灵气的女孩。

新华社我有太多朋友了，因为自以为是的好习惯耽误了我。

我从不当朋友面提他们单位我熟悉的领导，我怕朋友以为我托大，专门拿他们领导来压人。

所以，一个电话后，他就现了原形。好在造成的损失，还在可控范围内。

某种程度上，我成了他的帮凶。

我带他走过很多地方，把这个新华社社长助理介绍给了很多人。

好在今天有个叫手机的通讯工具，余毒很快就得以肃清，但你想让这个骗子还钱，难如登天。

虽然他没有能力还我的钱，但我还是没有在他女儿面前拆穿他。不是因为他的苦苦相求，而是因为我也是有孩子的人。我不想孩子看不起自己的父亲，更不想伤了他女儿的心。这与她傻不傻没有关系。

当时，骗子在给别人写字时，无意中我学会了一句：

行霹雳手段，显菩萨心肠。

对于这个才华横溢的骗子，我做不到，修炼到今天，他也不容易，管他是不是骗子，已经害不了我了，就让他自生自灭吧！

阿弥陀佛！

也不知道今天的他是否已经改过自新了，不管怎样，有才华的人，我还是非常赏识的，我总是在想，就是凭他的本事吃饭，他也应该是活得很滋润的人，何必要撒谎撂屁呢？

难不成他会是菩萨化身来试我的贪心的？是来点化我的？

唉，我这傻老爷子，是够贪的了！拿 30 万元，就想培养一位新华社社长助理？

61

这件事我考虑了很久，也斗争了很久，最终斗争的结果是，我一定要把这件事说出来，让朋友们真正了解我，让朋友们不能再误会我。

1997 年 3 月，琼民源股东在讨论利润分配大会上，全体董事集体辞职了，琼民源公司的股票被迫停牌。

证监局对琼民源正式进入司法调查阶段。

一天傍晚，马玉和把我一个人叫到办公室的阁楼上，语重心长地对我说：

公司急需 5000 万元，如果公司不能在几天内借到 5000 万元，公司可能就要出大问题了。

马玉和是我的老板，一直待我不薄，我想都没想就答应了他。

那时候开口借几千万元还不难。

首先我找到了锦州证券的董事长李玉臣，那段时间我们几乎天天在一起，经常联手做事。

李玉臣答应出 2000 万元。

因为时间紧急，公司急需用钱，我约了鞍山证券的汤宇，分别从鞍山锦州出发，往锦州和鞍山的中间地带盘锦靠拢，晚上在盘锦齐区长处碰头。

觥筹交错后，汤宇也同意借 2000 万元，他特别强调了一句：

马玉和不会有事儿吧？封哥你得保证这本金的安全啊！

一语成谶！

饭后，汤宇急三火四地又赶回了鞍山。

区长看没人了，对正在给我按摩的师父说了一句：

你先出去。

老封，摊上啥事了？你还差多少？

随后，区长专门喊来了一个企业家，当场留下我的卡号。

第二天，500 万元转了过来。

那次，杨立新也凑了 300 万元。

那时候哥们之间，用不着藏着掖着，有困难就是一句话，这几个人的性格、为人，都跟我家乡那个小老弟佟刚一般，两个字：爽快！

接下来的事儿是我没有预料到的，马玉和入狱了，公司被接收了，在他入狱前的一个月，他总算把本金还上了。

入狱后公司账目被公开之时才弄明白，马玉和用这 5000 万元做的应急的事儿是，炒作了一把桂柳工的股票。

我们众弟兄不明就里，被这支股票深深地套了进去。

知道这事的时候，马玉和已经入狱一年多了，那时候我正忙于每周五晚上把他从监狱里接出来看病，周日晚上再送他回监狱。

其后，李桂臣董事长也因广发的什么事儿被关进了海口，海口看守所长刚好是我好朋友，自然李总得到了应有的关照。

汤宇进去的事儿我不知道，出来后找我要利息时我才恍然大悟，公司只是还了本金。

马玉和一句话就把我顶了回来：

借钱是公司行为，公司都不存在了，我没有义务……

朋友们却不相信，马玉和是这样说的吗？利息是不是被你老封密下了？

他们又没机会直接问马玉和，马玉和早就不跟所有的老朋友们联系了，也不知道是他的朋友们集体跟他画道了，还是他主动远离了他的所有老朋友。

这些都不是我要说的重点，重点是马玉和真的是那么说的，我真的从来也没有贪污过朋友们的哪怕是一分钱的利息！

他们见不到马玉和，自然对我有所怀疑，都是关键时帮忙的朋友，我当然也不会怪他们。

中国有句老话是清官难断家务事，更何况哪里又有清官，哪些又属于家务事儿？

唉，谁对谁错，谁又能说得清楚呢？！

我只知道一点，做人啊，无论你做过什么事儿，只要做到问心无愧，别说是半夜鬼敲门了，即便半夜百爪挠门都不是件什么可怕的事儿。

时至今日，我只想对曾经的朋友以及现在的朋友们说一句话：

我老封活得清白，活得坦荡，活得我行我素！

62

昨天下午，邵楠来了，意外的是王大姐竟跟他一起来了。令我有些慌了手脚。

本来，我正想给小董打电话，告诉她，把北门水果摊上的那堆烂桃（软）买来，一见王大姐，我没好意思打这个电话。怕大姐笑话我。

其实，我们家十几年来，一直在买烂桃（软）吃。唉，谁让我养了这么多的孩子呢！

周边水果摊的人一看我路过，都会兴奋地冲我喊，今天有烂桃（软）啊。

我假装没有听见，傲然地走过后再抄起电话：

小董，北边第二个摊，包圆！

你说我这是过的什么日子呀？

王大姐的爱人也就是邵楠的爸爸，是 90 年代初，我们锦州的市委书记，一个刚直不阿的人。

有一段当时的视频我偶然看到了，老爷子站在汽车上，手里拿着扩音器，面对着一大帮冲动的学生：

孩子们，如果你们觉得现在去北京能起到作用，那么就算上我一个，我带你们去。现在的北京已经够乱了，就不差我们锦州这些人了。你们现在的任务是安心学习，党中央一定会给你们一个满意的交代，你们先回到学校……

这个书记不装，活的真实。

锦州的学生很少有人被那场事件伤及到，这是一件幸事。

其实书记心里最明白，今天有几个是敢真正玩儿政治的，值不值姑且不论，有几个是有那份胆量与魄力的人？有几个是曼德拉，可以一生玩儿政治？

全他妈是一伙闹哄哄只敢打群架起哄架秧子的人而已。

后来书记调到北京，任国家体改委副主任。

书记进京那天，刚好我跟书记在同一个软卧包房，有幸聆听到他对锦州这个城市人文环境的评论。当时我正在策划投资电视剧，书记认为我尚未准备好，时机也不合适，建议我不要盲目投资。我没听进去。

结果不幸被书记言中了。

邵楠是我在书记家吃饭时见到的。

邵楠过来跟客人打了个招呼转身就离开了，他对这些人没有丝毫兴趣和特别的热情。但我却在那一瞬间，读到了他内敛目光中的那份大智若愚。

当时我就断言，这孩子的未来将相当了不起。他当时给我的感觉，就像一个内功深厚的武林高手，眼睛中的精光已经被掩饰得一丝都让人察觉不到了。

N年后，听说他在高盛工作，正在恶补英语，我那时候就已经预感到，他不会给高盛打多久的工，他是在偷艺。

高盛在为自己培养一个未来的竞争对手。

2016年，我专程去办公室拜会过他，专门请教一件与投资有关的事儿。大概也就半个小时吧，他让我有点儿发蒙，几次我的错觉竟然是：我是不是在跟功权大叔在对话？

我真实地感受到了坐在我面前这个人的功力与能量。

他再一次让我想起了当年那个小屁孩儿内敛的目光，那个小屁孩儿不单是长大了，他已经具备了不容人小觑的能量！

前几天，我突然发现，邵楠在关注我微信的朋友圈，更让我感觉到有些意外的是，有七八个人说是邵楠的朋友，纷纷要加我微信。

我明白了，邵楠可怜他这个落魄而又寂寞的封叔，为哄我开心，在为我找粉丝呀！

我粗略地浏览了一下他推荐来的这些朋友的朋友圈内容，着实让我吃惊不小，几乎他们所有的人，都是我偶像级的人物。

看一个人，你看他朋友圈就可以窥见其一斑了，邵楠的这些朋友，是一伙可以开创未来的精英，邵楠又是精英中举足轻重的存在。

我知道，邵楠不单是长大了，邵楠已经是个人物了，他已经像一颗新星，正在空中散发着光芒而早已不是冉冉升起的阶段了。

请大家记住这个名字，邵楠，不久的将来你们都会知道他，他在创造历史。

我也特别为王大姐、邵书记感到高兴，祝福你们！

祝愿我的小侄儿邵楠越走越远！

邵楠，以后你务必记住，千万别跟人再说我是你叔叔了，因为那样的话，他们会看不起你的，别让他们看到你的软肋，更何况是一个只有一身肥膘的叔叔呢！

老爸去天国好几年了，可他老师还在美国，不愿意轻易羽化飞升，也不知道老爸现在师从何人？是否幸福？

老爸在人间这段日子里，生活得可真不算幸福。

"文革"前，老爸还算是过了几天好日子，我们住在西大桥东边，对面是西大桥饭店。

那时候生活虽很苦，但很快乐。每到周日，老爸就推着手推车带我们一家人去南山，我是唯一坐在车上的人了。

据爸妈讲，我们家在南山开荒种了一块地。可我从来没看见南山那块地有过收成。

每年春节时，一家人围坐一起，看爸爸妈妈给我们分东西，梨和苹果都是大小搭配好的，然后老爸再用秤分花生，记忆中好像是每人二两，到我面前时，老爸总要多抓两三个放入我的堆中，每次，都能带给我一阵阵悸动。

爸爸对我们的教育抓得很紧，我还没有上小学，就背会了大量的故事，如孔融让梨王敏画荷呀什么的。

1966年，激进的老爸带着13岁的姐姐和12岁的哥哥，组成了父女反修长征队，从锦州徒步走到了北京，并将我姐姐途中亲手绣制的五星红旗，献给了江青，就是为了表达那份对毛主席的忠诚。

我爸爸的表现虽然不错，但是，又如何能蒙蔽住群众的眼睛，国民党员的身份很快便被识破了，组织上很快就将这位历史反革命送进了他该去的地方。

1970年，老爸虽然平反了，干的却依然是烧锅炉看农场的工作。

那时候的老爸是属于那种自强不息的人。看农场期间，竟然开始自修沼气池，可直到他重返教师岗位，沼气也不曾被点燃过。

老爸出狱时，说他要做两件事儿，希望我们能支持他。第一件，他一直有个心结，这些年如此不顺，心里有个疙瘩解不开，所以，他想带我们全家去吃一顿萧包子，以便消灭掉这个心结。

此提案瞬间被全票通过。

老爸又说1970年清明节，全家人要给为祖国解放事业献出生命的英雄们做一个花圈送去。

有了前面的提案垫底，估计任何提案都不会有异议了。

我们扎完花圈后，是大哥骑着自行车送去的，当时我特别担心，我们家做的花圈人家要吗？还好，送花圈不需要好人证明。

爸爸从事的行业非常之多，从小卖部到家庭农场，还有最后的污水处理。如果他的污水项目能够成功，他的身价应该是数千亿。可惜了，老人家生不逢时。

老爷子在汽车上发送反革命短信2000余条，最后被抓获了。

分局长刘小刚、打邪支队长王辉、市局主管副局长李亚洲，没有一个人刁难他，没到十分钟就放他回家了，这绝对是打邪史上不可能发生的事儿，因为，这不单是大家都给我面子，老爷子毕竟是九十岁的人了。

可老爸知道这事儿闹大了，做贼心虚，到了，还是玩了一次"文革"中玩过的把戏，在根本就没人理他的情况下，再次畏罪潜逃了。

可怜的老爸，被我电话劝回后，身体便垮了下来。他再也不是我记忆中的老爸。

记忆中的老爸是锦州市教师组的短跑冠军；记忆中的老爸，五十几岁时依然可以追上一条大黑贝；记忆中的老爸六十多岁了，依然可以在双杠上玩出很多花活儿。

我真不想跟这个吹小号的孙子一般见识，因为无论怎么样，他也不可能把老爸还给我了。

可怜的老爸，但愿你今天的生活，好过你在人间的生活！您离开好几年了，也不知道您现在是否找到了对象？也不知道那个对象是否还是我老妈？

别的事儿我也不太感兴趣，我只知道有女人陪着就是快乐的每一天。

算了，您自己的事儿，还是您自己定吧，我们就不干涉您的婚姻自由了。天堂里的房子可能不贵，您就置办一套面积大点儿的，将来我们一过去，也过一把富二代的瘾，至于飞机啥的大家私，您就别为我们准备了，我们过来时自己挑。反正我们知道您一定会为我们准备好很多的钱让我们来嘚瑟的。

富二代的生活不用学，都会过，王思聪又算什么呀？到时候我们一定比他还会骚包、嘚瑟！

又该奋斗了，老爸！

更该保重了，老爸！

64

我一直在犹豫写不写这段，要写到混社会，这一段历史一定是绕不过去的。为了保持段子的完整性吧，我就记录一下这段绕不开的历史。

1988 年春节后，一个长得畏畏缩缩的大学生、东北老乡找到了我，神秘兮兮地把我拉到望海国际大酒店的卫生间，从上衣里扯吧半天，拿出来一块门帘子似的布。我看到他的举动心里当然明白，随口就问了一句：

什么呀？

宫里的东西。

摊开一看，一块充其量是民国期间的满绣，不单不是宫里的东西，保存的品相也十分糟糕。

乡里收的吧？不值钱的玩意儿，没人要。

封语江湖

他相信我。

那时候我在海南最好的酒店望海国际大酒店工作，整天接触各色人等，加之之前我曾一下子指出他朋友的青铜器是假的，他把我就奉为专家并认为我一定有"腿儿"。

其实那个青铜器并不难判断是假货，因为隐隐约约能看到焊点似的地方。

他姓杨，蓄着几撇小胡子。说是学中文的。

第二次见他的时候，才知道他也开始混社会了，琼民源的马玉和的一个邓姓朋友，住在陈宇光的小区，不知道为什么就得罪了杨胡子。

大约是 1990 年前后的事儿吧，那时候，社会上刚刚开始有杨胡子的传说。

我出面调解了一下，杨胡子那时候的势力还没有完全形成，自然要给我几分薄面。

第三次见他，是因为我的一个叫郝敬舫的朋友的弟弟，说是台商，不知道为什么就跟杨胡子闹翻了。

我还是出面调解的差事，可双方都不愿意让步。最可气的是这个姓郝的，不知道怎么就提起了多少军，我也不知道怎么就问了一句：

这个军当时多少人？

姓郝的竟然来了一句：

多少人，每人吐口唾沫就能淹死你！

气得我一下子站了起来，我问他：

吐唾沫的命令要谁下呀？

他好像没明白，傻乎乎看着我，我知道他爸爸应该是当过那个军的军长。我回身对边上的阿三几个人说：

走，先把那个王八蛋军长给办了，省得到时候淹死咱。

没调解成不说，还把我气走了。我是看在他哥哥的份上放了他一马。

他俩后来怎么样我也没再问过。

我知道，两个假黑社会，死不了人的。

第四次与杨胡子没有见面，他打来电话问：

你难道不知道某某是我女朋友吗？你老实说，你上过没有？

跟我混了几天的漂亮女孩，原来是他的女朋友，我真不知道，是我们公司的保安杨胡子的小弟小邢（军？）告诉我的。告诉我后我就没有再招惹她。

那是一个美女爱英雄的时代，我又不知道是他的女人。

那时候正是我最张狂、没事找事的"有困难找我"时期，他当然也不想跟我真的计较。

听他在电话里发了一通火，事儿也就过去了。

再次见他时，他正跟海南一哥李南南一起吃饭，坐下后就听他谈当时海南的江湖人物，大意是公安局某局长说，杨胡子，现在市面上就你们闹得凶，封义他们早都没有动静了什么的。

我知道，他的意思是想说今天的海口，他应该已经是老大的位置了，并且是公安局长说的。

那时候，我已经带领兄弟们开始大把大把地赚钱了。

这个杨胡子不算是黑社会，他没有一点儿经济实力，倒是带了一大帮人蒙事。开一间标准间挤进去七八个人，每人一天给一包烟，就黑社会了。

那时候，反正饭店夜总会多，吃个饭还是没有问题的。

手下倒是命名了一号杀手二号杀手，但这伙人，从没有剁过别人一条大腿半条胳膊啥的，因为用不着，呼啦啦一帮人，正经人一见自然就有多远躲多远了。

他吃亏就吃亏在没有死士，不会用脑子赚钱，养一伙只敢打群架的人，这是后话。

我们再次相遇是因为我劝他的一个叫六子的小兄弟，别跟杨胡子瞎混了，能挣点钱就挣点钱。

这个六子报告了杨胡子。

杨胡子早就不想别人说他是混混，更不想听我说他的人，勃然大怒也是意料之中的：

我老了吗？你凭什么让六子别跟我混，你还以为你是老大呢……

电话背景传来的声音是假黑社会的惯用伎俩：

干死他！

剁了他！

废了他！

杨胡子提出，各带一伙人，干一把，败了的滚出海南岛。

那时候正是我日进斗金的时候，我怎么会傻到跟人家干？

我怂了，妥协了，并答应他开出的所有条件：

从此以后，绝不再踏入岛城夜总会半步，不再管社会上的任何闲事儿，并答应借他三千元，帮他解决一下目前的困难。其实就是被他勒索了一把，但他明显不想真激怒我，也不敢狮子大开口。

杨胡子满意了，带着戏子来到我的办公室，我拿了三千元给他，他志得意满地和戏子一起走了。

临走前，还让戏子掏出枪来给我看了一眼，意思是他的人已经开始配枪了，是真的黑社会了。

再一次涉及杨胡子，是我的好朋友武英。是杨胡子离开我办公室几天后的事儿。因为我已经开始炒作琼民源的股票了。在一个台球俱乐部，武英打电话跟我谈股票的事儿，就因为电话中他喊了一声封哥吧，这就激怒了在旁边打台球的杨胡子：

海南岛就没有封哥，你叫的是哪个封哥？！我听见封哥这个词儿就来气！

武英被整得云里雾里，到了，也不知道为了什么。

武英是原上市公司青海三普的董事长。

No zuo no die.

杨胡子后来遇见了真的黑社会，他那帮只会打群架的人在枪口下，靠着墙，在听到两声枪响后，尿了好几个。

杨胡子的腿上被干了两枪，留下四个洞洞，自此，由杨胡子改名为杨瘸子。

后来听杨局长说，杨瘸子死前不久还找过他。

那些年，海南的机会多多呀！

他没能把握住机会。

今天想想，就是真想混社会，首先也得有钱，有死士，有脑子，才不至于很快就变成传说。

反正我是一个愿意活在传说里的人，我愿意创造传说，尤其是不停地创造新的、属于自己的传说。

快六十的人了，依然还是特别好出风头。这年头，除了不会再有绯闻出现以外，估计还会有很多可以用来吹牛的段子发生，我继续写给你们，管你爱看不爱看。其中还有很多人是被我的一个小侄儿骗进来、专门来看我的微信的。

失望了吧？

65

于守山是赵普介绍给我认识的。

大概是十年前吧，赵普来风仪坊做客，第一次见面时，他握着我的手半天没有放下，一双眼睛紧紧盯着我看：

大哥，我可能会帮你找到你失散多年的亲兄弟，你的那个弟弟如果在水里泡上三天，捞出来一看，那一定就是又一个你！

那天下午，我边胡乱地弹着钢琴，边不时地注视着窗外，我知道，我那个失散多年的兄弟就要出现了。

我见到他了！

我边高声喊着老袁边向窗前走去，边走边说：

一定是他。真的太像了！

话还没有说完，突然发现他改道了，竟然径直向湖那边跑了过去。

我多少有点儿失落，心里也多了个疑问，难道世界上竟有如此相似的人吗？

我坐下来，烧了一壶黑茶，平静一下期待的心情，刚把茶倒上，我方才认定的弟弟，此时已推门进来坐在了我的面前。

这是一个摄影迷，他刚才先去拍了几张照片。

两个人没有一句多余的废话，你看看我，我看看你，相视一笑就算认识了。

于守山是北京电视台的大导演，曾数次执导北京电视台的春节晚会，一个货真价实的大才子。我有拿不准的事儿时都会喊他来，听他的意见。

他不单是会给你合理化建议，他这个人最大的特点是做事只讲道理不讲情面，好就是好，不好就是不好，绝不会敷衍你忽悠你。

我有几次活动都是他定的调子，都是听了他的建议后由他来制定的主题。

他总能带给你许多意外和惊喜。

我和儿子封亚洲是同一天的生日，他为那次规模较大的生日Party 定的主题是：

封仪亚洲

同生同庆

我很喜欢这个主题定义。

2014 年，我出版武侠小说《英雄劫》的时候需要宣传一下，他给出的建议是：

四十年的江湖二十年的海。

让我有些欣喜若狂。

女儿做文化公司，最初是想做试错小电影的，后来于守山提出，用不着强调试错，我们就给大家做符合碎片时间观赏的好看的故事片，专为小荧屏打造小电影。并提出宣传口号是：

小电影，大未来。

这次请他来，是想问问他，我近期写的微信，很多人都建议我应该结集出书，我特想知道，他对这些短文的看法，这些短文究竟有没有出版价值。

他对这些短文给予了很高的评价和肯定的答复，令琳琳妈妈有些意外。于守山能认可的东西，应该没有问题，这一点她非常清楚，可她对我的东西又真不看好。

他还给出了几个建议。他提出这本书的调子应该定得尽量轻松一些，如"好生活都是由段子组成""所说的人和事不可不信也不可全信""我把生活过成了段子等"。

当然还有很多，其中还有带有调侃味道的：岁月如刀，段子如面包等。

还建议书中一定要带些插图等等。

我今天之所以写了这篇不伦不类的东西，一是才尽了，再无段子可写，也写不出来了。二来也想请大家在此基础上，再给我一点建议，万一被我发现了一些闪光的东西，说不定我一激动，还真就结集成册出版了。

偶然想起一件蛮有意思的事儿，一个哥们知道我的字写得不好，专门请了一个名人帮我设计了一个签名，意思是让我练练，将来签名时就不会那么尴尬了。

我按照他的设计把我的名字写了还不到五遍，突然把笔就摔在了桌子上，并说出了一句自认为很经典的台词：

签名可以设计，封仪绝不允许被人设计。

　　朋友讨来的签名设计被我拒绝了，至今，我依然是一手拿不出手的大粑粑字。

　　尽管如此，我仍我行我素，到哪都勇敢地亮出我那手粑粑字。我真的不喜欢被设计，管他是签名还是别的什么。

这几天发微文，数次感慨江郎才尽，这可不是装的，真的不知道该写什么好了。

远在广西的大学同学赵克发来了一条微信：

不会写就翻译日文的小段子嘛！

这句话着实是提醒了我。

想起了上大学时，那时候我最大的梦想就是成为诗人成为作家，然而，无论你投了多少稿子都是泥牛入海。

我知道，距离作家，我差得还是太远了。

一天，上二外英语课，学的课文好像是一枚邮票的内容，老师课堂上就给翻译出来了，当时觉得挺有意思的，我工工整整地把译文抄在了一张信纸上，随手就发给了《锦州日报》。

当时也没有想太多，甚至都没有意识到是在投稿，只是觉得课文还蛮有意思的。

突然有一天，我班信箱的守护神杨莉莉递给了我一张收款单，好像是六元钱。

杨莉莉的男朋友在异地读书，所以，她把打开邮箱的瞬间，当作她人生的乐趣之一。

那篇课文被当作我的翻译作品在《锦州日报》发表了！

我突然发现了一条来钱的道。

那时候，我开始整理很多外文书里的这种小段子，尤其是教科书里出现的段子，那都是一伙高人精挑细选才选出来的优秀作品啊！

拿过来一翻译，瞄准《锦州日报》《朝阳日报》《鞍山日报》《新少年》等不起眼的刊物报纸投吧，几乎是没有悬念，三五块钱的还真是好赚。

我不给同学们看发表的作品，怕大家都来跟我抢这碗饭。

同学们都知道我时不时就有稿酬寄到，但谁都不知道我其实是在投机取巧。

那时候，喝顿啤酒啊，吃顿饺子啥的也不过就是一两块钱而已。同学于大庆啊老崔呀，都曾跟我一起分享过稿酬带来的快乐。

发表的东西简单到了无聊的程度，都是些：

妈妈问小明，猫走路为什么没有声音？小明回答：猫没有穿鞋。

就这样的对话，翻译个两三条，报缝里呀，哪本书的犄角旮旯里一放，最少三块钱以上。

我们校报我也不肯放过，发表一些别人不大愿意看的东西，比如，我同学周昌辉一直笑话我的一个小段子：

小草从石头下探出了头，风对他说，快缩回去，羊来了。小草倔强地昂起头：可春天到了呀！

就是这样幼稚的小段子吧，还挺蒙事，总能骗到个三块两块的。

大学的生活因为这些小东西，变得异常的滋润，别的同学并不知道我是如何骗稿费的，竟然以为我在搞文学创作。

工作后，我也曾翻译发表了一篇好像叫星新一（日本现代科幻小说作家，被誉为"日本微型小说鼻祖"）的推理短篇，也得到了稿酬，记得钱给得还不少。但不知道为什么，已经再也没有大学时收到稿酬的那份悸动，竟然麻木到没有一丝快感。

我长大了，既失去了欣赏美的眼睛，也失去了对生活的那份激情。看着电视中戴着红领巾的杨洪基大哥，梗着脖子一遍遍地唱：

我不想我不想不想长大……也不知道为什么，我的眼睛就有些湿润了。

是呀，我长大了，我真的长大了，我好像才刚刚懂得性，性就老了。

67

那一次，我的糗出大了！

预计 3000 人该出席的活动，加上风仪坊的工作人员，好像也没有超过 800 人！

满场子都是黑压压的空桌子，本来是一次很煽情的公益活动，想象着活动高潮时，所有的人都撑起一把绿色的伞，直扣主题：

为母亲河撑起一片绿荫！啧，该有多美！

所有的设计都没有错，所有的想法也并不差，差就差在我这个人太较真，不愿意退让。

2006 ～ 2008 年，我和市政府驻京办一起，连续组织了三年的"锦州人在北京"的家乡人聚会，一年比一年参加的人数多。

2008 年，参加的人数竟然超过了千人。

这一切的一切，离不开家乡企业家的背后支持和驻京办的公信力。

每次活动都得到几个家乡大佬的支持，第一年出手的企业家加上我自己，也只有四人。

从第二年起，支持的人渐多，活动也就搞得越来越好看，规模也越来越大了。

也不知道因为什么，家乡驻京办的领导开始不认可风仪坊了，开始时刻提防我，好像怕我要越俎代庖一样，怕我抢走他的处级位置？

到今天我也没整明白他是为什么。

我把所有的一切都以玩儿的心态面对，但我这人心胸可能不够宽广，最不能容忍别人背后议论我。

我开始较真了，别说他一个处级领导，再大的官我都不会尿他，在我这一亩三分地儿，就没有官的概念！

我开始不再与其来往，甚至见面我都不再与其打招呼了，你们看我这小心眼儿！

其实与心眼儿还真没关系，只是因为我活得太自我了，太把自己当回事儿了！我经常说的一句话是：

我要的是被尊重。

可细想一想，自己并非德高望重，凭什么别人要尊重你？！

接着就到了锦州要办世博会，我也是太嘚瑟，马上就给领导献计献策：

全民办世博会，在北京举办个启动仪式——

为母亲河撑起一片绿荫。

每个人都认一棵树，献上一份爱心。

一封语江湖

这个策划与设计没有毛病。

为了加大宣传力度，为了让在北京的家乡人都能来参加活动，我提出，家乡的广播电台提早做广告宣传，让大家告诉大家，让家乡的人通知在京的亲属都来参加启动仪式。

2008 年家乡人的聚会，没怎么宣传就来了 1000 多人，我估计这次提前做好宣传工作，3000 人应该是没有问题的。

做广告宣传得留个咨询电话呀，我傻乎乎地对领导说：

那就留驻京办的电话吧！

就是这个电话，让很多咨询的人，对那次活动望而却步。

当一哥们儿跟我说驻京办接电话的人不应该那样回答时，我还有些不相信。

我直接就拨通了驻京办的座机电话，巧了，是我熟悉的领导：

这个活动是民间行为，跟我们驻京办没有关系。

顿了顿：

就是让你们捐点儿钱。

丫丫呸的，当时我那个气呀，真恨不得……此处省略三个字。

时代不同了，这种活儿自己也不敢干了，到处是探头，万一被哪个录下来，哪多哪少啊？！

算了，忍了吧。

本来，那时候把活动取消也就算了，可我不想因为他的不支持就停办了，我不想妥协，不想人们以为没有驻京办的支持就搞不了活动了。

我赌人们的觉悟不会那样低，为家乡捐点儿钱难道不应该吗？！

开头的一幕出现了，我傻了，维国市长还一个劲儿地安慰我：

这些人就可以了。

是够可以的了，来的这些人，一定是没有打过咨询电话的人，打过咨询电话的人肯定是不会来的。

因为是民间举办的活动，自然，驻京办的领导也没有来。

我不知道这个人是怎么想的，我无论做得好与坏，都危及不到你的位置呀，再者说，二十几年前我就主动离开了体制内，我又怎么会与你争这个风头？

这人不是傻又是啥呀？！

我觉得特别没有面子，看电视回放的空荡荡的广场、空荡荡的桌子，我硬是把眼泪憋回去了。

坊友们怎么看我，家乡人又会怎么看我？

那份尴尬呀，那几天我都觉得该钻地缝里去了。

也不记得那份尴尬后来是如何化解的，时间一晃就到了2016 年。

再睁开眼睛回忆这件事儿，糟糕，我都忘了那个可恨的人长得是什么模样了。

偶尔听听那首歌《时间都去哪儿了》，不光是时间，那些爱与恨都去哪儿了，我怎么都找不到了？

我是活傻了还是活明白了，谁能告诉我？

我喜欢日本一句俗语：

明天会刮明天的风。

明天风的大小，我依然无法判断，我只知道，明天，还真没有那么多了。

227

一封语江湖

大学时代没少出丑，不单是被亲戚染上过虱子，每次宿舍检查，最脏乱差的一定就是我。

每当我们班长，好像也是宿舍的舍长吧，往我跟前一走：

封义你来一下。

把我往教室外一带，我就明白，这个淳朴的老哥是给我留面子呢，我一定又是什么事儿中标了。

不管是全班还是宿舍，无论什么时候，只要是评什么最差，那一定就是我，因为我也真的是够差的了！

当然，学习例外。

床上脏乱得我自己都不喜欢躺在那，那时候哪有那么多讲究，换下来没来得及洗的东西，就往床头一扔，袜子基本就是往枕头下一塞，攒够了没有换的时候再洗。

记得一天早晨起来，突然发现，有一只袜子找不着了，只好找另外一双换上，急三火四地就去吃饭了。

等到上体育课跑步时，后边也不知道是谁，追上了我：

你看看你裤腿里是什么呀？

我低头一看，赶紧一弯腰，一把就把早晨没找到的那只袜子拽了出来，趁没人注意，悄悄地把袜子装进了兜里。

到了，也没忘了溜一眼咱那女神，还好，好像她没看见。

那时候太穷了，妈妈舍不得、也没有钱给我添置新的衣服。

热心的三姐有点看不下去，打算把她最好的一条裤子给我。她本来想改过后再给我，我哪还等得急改，那么好的布料做的裤子，别等到她改时再后悔。

我三两下就换上了，背上背包就出发了。

那是一条旁开口的女式裤子，很快就被同宿舍的男生发现了，很快，我们年级的女生也开始留意我的裤子。

我尽量装得无所谓，但内心却在滴血，我曾暗自发誓，将来等我有了钱，我一定专买一百元一条的裤子穿，让同学们看看！

那是一个乱穿衣的年代，根本就不懂得衣服搭配。

着装合理搭配的启蒙老师，是在锦州那几年，天天晚上夜总会献花，捧上手的一个漂亮的特像徐小凤的女歌手。

打那时候起，才开始知道穿衣服原来还有个搭配问题。

好景不长，一天某分局长偷偷地给我看了一个老板的笔录，才知道她被一个和她好过的大企业家给供出来了。

那时候锦州是这样的，公安局把有问题的企业家找来：

知道为什么找你不？

啥为什么呀，你说吧，是不是睡了谁那个事儿呀？

说完，掏出五千元钱罚款，啪，往桌子上一放，转身走人。

我不喜欢有直系亲属，我撒了。

我再一次陷入了乱穿衣的状态。

直到前些年，遇见我的师弟邵守红，才知道还有一门学问叫色彩学。我听了几堂课，好像一下子就开悟了。

邵守红就是我当年桂林实习时，撒谎请假去广州看的人。

注意，这虽然是有点儿女性化的名字，但他真的是一个100% 的纯爷们儿啊！

1982 年，我从桂林偷偷跑到广州，刚走进他们单位大院，大喇叭里正表扬他拾金不昧的先进事迹，他好像是在水池边捡到了一块手表，主动上交，还给了失主。

1982 年的手表，是钱！

最后发现，色彩学也无法拯救我，我看着好看、顺眼、很帅的，我都比画不进去，那是专为帅哥们准备的；

我能穿的，是被别人称之为肥佬衣裤、中老年服装那一类的。

在漂亮的、年轻女性面前，我一如既往地像大学时代一样自惭形秽。

好在今天的我，只泡茶，不泡妞了。

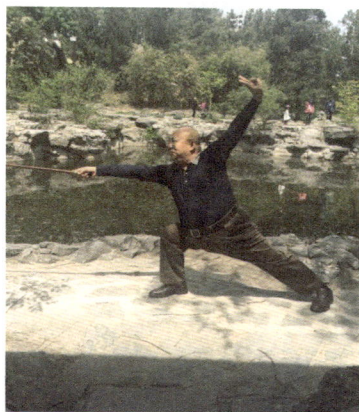

那时候还在冶炼厂当翻译，我经常教朋友们练武术，每天不单是带大人，还带小孩。

人渐多了，厂工会就准备花些钱，成立个武术队。也是他们外行，成立武术队却买来了一批拳击套子。

我记得非常清楚，那天晚上我早早地就到练习场地了，因为我从来就没有戴过那个拳击套子，我随手拿起一副就戴上了，对面一个小年轻也戴上了。他向我走了过来，这时候我就不可能再把手套摘下来了。

他一出手的一通组合拳，我就明白了，他是练拳击的。

组合拳漂亮又猛烈，我只有招架的份了。但是要想真的打在咱身上，那也是困难的，毕竟有蛮大个的拳击套子在手上。

当时，我几次想出腿，但人家是拿着拳击套子，不是散打，我们事先根本没来得及定规矩，没有说是拳击还是散打。

我只好默默地又迎战了一会儿，只能是节节败退，好在场地够宽敞，才不至于被真的打到。

我当年最擅长的就是腿法，我跟我师傅练武时，我特喜欢特愿意练的就是一种叫截腿的功夫，我发现它最实用，但也最容易伤人。

在当时的情况下，武术对拳击一腿就管用。也不一定用截腿，就是扁踹也会起作用。

当年我大学的一个叫郭世志的同学曾跟我比画过拳击的组合拳，他完全把裆部膝部送给你，因为拳击用不着防腿的攻击。

可是我们没来得及事先定规矩：

我们是在拳击还是在散打。

我在人群中看到了我妹妹一张窘迫的脸，她在为她哥遗憾、难过。

从那时候起，我开始懂得规矩的重要性。

初到海南，遇见谈不拢的事儿，也会偶尔约架。约架前我常问的一句话是：

限人数不？用什么家伙？

你要是用枪的话，那就不是约架了。

你要是带警察呀，带安全厅的朋友来那就没意思了。

约架就是两伙人数相当的人在南渡江边斗狠，挺好玩儿的。打完后双方一定会成为朋友，但一定得真打，别熊。

海南约架可以用砍刀棍棒什么的，但不允许用匕首。

那玩意儿会死人的。谁都知道。

后来发现，规矩真的是太重要了，不事先说好，你就擎等着吃哑巴亏吧！

海南一老板落难时，我帮了他。那时候，我每周五都接他出来看病，周日再把他送监。后来，公司主事的四个领导都反对我这样做，我就一句话：

你们是他的朋友，我是他的马仔，只要他想出来我就得接他。你们愿意当我是朋友，咱们就各论各的。

这些人没有人责怪我，离开我，我们天天照样在一起三掐一。

这个大哥出来后曾表态：

你照做你的花花老头，我来干事儿，有我的就有你的。就是挣一分钱，咱哥俩就掰开花。

大哥知道我为他付出很多，组建新公司时，说送我600万股权。

如今呢，600万股权早就被他洗得无影无踪了。

他不断注册很多新的公司，等要准备上市时，已经跟最初的我拥有600万股权的公司没有半毛钱关系了。

最初呢，还像模像样给你一个月开一万元的工资，因为公司最初起步时的事儿，都是我做的，沿用的都是我的人脉，当然，只有两任女董事长跟我没有任何关系。

公司不景气工资停发了三十几个月咱也就认了，等你想要时，他说不算数了。

当时领工资时每月还要交一笔个人所得税，可他一句没了，那就没了。

也没了规矩。

人不能不讲规矩，人老了你做事可以出尔反尔，但规矩还是得要的。

70

大学毕业，被分配到江西贵溪冶炼厂资料科。

那时候施工现场有上百个鬼子，我幸运地刚一毕业，就掉进鬼子堆里了，想不练口语都不成！

我记得我们的科长是个帅气十足的人，大高个，完美得几乎无可挑剔，真正的高大上。

那时候咱刚到新单位，表现是相当的好啊，工作顺手，人表现得既随和又谦虚好学。

一天在去厂区的路上，科长跟我一边走，一边让我翻译他口述的故事，边上一个叫张贵德的翻译做监考老师。

他讲的是猎人打鸭子，没打下来前就盘算着怎么吃，最后鸭子飞了，猎人连根鸭毛都没打到，只好把湖里的水打上来喝了一口，算是喝了一碗鸭汤了。

他希望我别成为那样的猎人！

他的故事明显是在羞辱我，他为什么敢羞辱我，我立马就明白了：他一定是看到了我的档案！

我的档案里有条滴血的尾巴！

他知道，我无论如何努力，也不会有他认为的前途了。

在他的眼里，我就是个废人了，可以用来羞辱的废人。

他经常一脸严肃地批评我们这些翻译：

你看看你们这些大学生，竟然会跟小商小贩讨价还价？！

他根本无法理解，那是我们业余生活中最开心的一部分哪！

我们觉得他很装，活得很假。

我们与他不一样啊，我们回到宿舍没有婆姨搂啊！哪怕有个八十岁的老太太肯陪我们聊聊天，我们也不至于在大街上瞎晃荡啊？！

人生本无对错，也没有说一定得要当多大官才算是有前途。但是，他的故事让我明白，我本以为可以在新的单位，开始新的生活的想法是幼稚的。

那一次，他深深地伤害了我，他让我早早地就意识到了：

如果我继续留在这个企业，我的一生，终将一事无成。

我不记得我在哪篇微信中曾经写过关于免疫力的问题，像我这种被免疫针打得千疮百孔的人是最讲究良心的人，是可以托付的人，是好人。

我这种人不同于那些表面上光溜水滑，看起来道貌岸然的人，他们一旦要出问题，那一定就是连家都可以不要的人。

那位完美的科长就是这样一种人，他到了中年，突然有一天他感觉到遭遇了爱情，他便抛妻弃子而去了。

当然，我无法判断他是幸福还是不幸。

他原来的家人肯定是不幸的。

我完全不是在幸灾乐祸，我只是想说，一个人，哪怕你是大科长，你也不可以随便地伤害别人。

毕业那年我刚刚 25 岁，不过就是个大孩子，当时，他让我无地自容，他让我感受到了世态炎凉。

我经常对孩子们说的就是，人生本无对错，今天你觉得是犯了错误，说不定明天，那就是你回忆时的一个重要的、有趣的谈资。

要大胆地去做所有的事儿，不要怕犯错误，只要别跌破道德底线，人生，就本无什么对错可言。

结尾时再借用一句日语吧：

ANoHiNo TsuMiGa WaRaWu

不明白，不明白你就翻翻《康熙字典》呗！

71

张方昨天办六十大寿了。时间过得可真快呀！

左右看了一眼，这个寿宴也可以说是一次闯海人的聚会，参加寿宴的人中，至少有一半是闯海人。

当年的张方，年轻、英俊、潇洒、智慧。

当年，他在万通负责商业板块运营，之前，一度还是匹斯克射击俱乐部的总裁。

1992 年，他以 38.8 万元的价格，竞拍了尾号是 8888 的手机，引起了社会不小的关注，匹斯克射击俱乐部一下子就做到了家喻户晓。

经常听万通负责融资的荣实这样介绍，张方教会了我打枪，我教会了他打洞。

这之前，我还真不知道他俩还是搞兵工企业的，枪啊洞的。

万通的野蛮成长，有点儿像民国初年，也有点"文革"初期的感觉。

万通是民营企业家的农民运动讲习所，不是黄埔军校。其中细微的区别，只能慢慢领会了。

王石也是有闯海经历的，与万通相比，万科生产了大量好的产品，一线城市所有好的楼盘，大部分都是万科的。

而万通不同于万科，万通培养了大把的优秀企业家，万通公司出来的人，今天，有很多人都已经成为上市公司的董事长了。

刚刚提到一嘴的那个教会张方打洞的荣实，他的企业几年前也在创业板上市了。

在万通，他们掌握了"渔"的方法。

万通在野蛮成长的同时，学会了如何做企业、做好的企业。

虽然当年的万通六君子，是被迫分家的，然风风雨雨、恩恩怨怨多年后，他们仍可以坐到一起，这不能不说是个奇迹。

所有的人都进步了，学会了宽容、退让。

昨天，远在大洋彼岸的冯仑也发来了贺电：

德高兄生日快乐！祝德高兄万岁万岁万万岁！

调侃的语气虽重了点儿，可应了那句老话：

江湖一笑泯恩仇。

万通的老同事们喊张方为张德高。

足见张方在兄弟们中的地位。

前几天，我们闯海会和岛友汇联合主办的"助力双创、闯海人回家"的研讨会，张方还是我专门邀请的演讲嘉宾。应该说，他的理论功底是非常了得的。

想起了当年的一件往事，那应该是小十年前的事儿了，闯海人聚会时，张方介绍了他当时刚做完的一件事儿：

我刚刚收购了一家高科技企业，我连董事长一起买断了。

没过几年，一天深夜，张方的越洋电话吵醒了我，他的企业在纳斯达克上市了，他写了一首诗，他想在半夜给我读诗，遭到我的婉拒后，他的热情丝毫未减，依然将那首诗微信过来，让我陪他分享那份成功的喜悦。

那一夜，我想了很多，张方就是张方，牛人嘛，有挫折是正常的。

他也曾吃了六个月的牢饭，出来后，不单是没有被击垮，反倒平添了一股斗志！

那一夜，我终于在张方自信的笑声中，失眠了。

72

应该是十一二年前的事儿了，化方说要带我去徐锦川老师家，我一听先就兴奋起来了。

要知道，徐锦川在锦州人的眼中，是一位成名多年的大诗人。

那时候锦州较有名气的诗人有三位，易仁寰、王贺锦、徐锦川。

基本上属于排名不分先后的状态。

我以前老读他们的作品，那时候最大的梦想就是成为诗人成为作家。

拜会徐前辈总得带点随手礼呀，琢磨了半天，还是觉得应该拿点儿一般人没有的高端大气的礼品才对。

那时候我藏了一批50年的五粮液，是圆肚子瓶那种，拍来时还带着精致的木盒。

1997 年 3800 元一瓶拍来的。

礼品应该算是拿得出手了。

在登门之前我一直在琢磨该怎么样称呼他，叫徐老师是不是有些太随便了点儿，叫徐老前辈吧，会不会有些太严肃了。还没想出该怎么样称呼他，他已经站在门前迎接我们了。

他比我想象的要年轻得多，我第一反应就是礼品拿大了。

化方把酒抢了过去递给了徐锦川：

封哥还专门给你带来瓶好酒。

看起来他一定比我年轻，这个礼有点儿过，我有点儿后悔了。

随随便便有些凌乱的家，让我对他是否是我知道的那位徐锦川产生了怀疑。

尤其是吃饭，简单到了我有点接受不了的状态。本来以为前菜快上齐了，正等着大餐上来呢，结果主人突然低声问我：

封哥，要不要再做点儿什么？

天哪！我感觉什么也没吃呢，他竟然要送客了！

看在他谈吐还让人感觉到幽默诙谐的份上，我终没有把那瓶酒再拎回来。

接触的时间长了，发现他是一个活得特明白又特简单的人，他对生活的要求不高，连他找女朋友的条件都是路人皆知的：

白皙、微胖。

当然，你也大可不必全信，他总是忙于游走在浙江湖南上海等地的女性之间，而那些人，无一符合他的标准。

不是黑不溜秋的就是排骨队的，要么就是一坨肉了。

我的感觉，他的标准就一条，是女人。

你完全可以相信，这辈子他是不会再结婚了，他喜欢的是性而非爱情，更不愿意为谁承担责任。

他喜欢那种从柴火堆里爬出来，一提裤子，就有一条通向远方的路的感觉，当另一个人从柴火堆里爬出来时才发现：

刚才那人已经无影无踪了。

他跟谁都不打持久战，恋情绝不超过半年，这一点他拿捏得恰到好处，诗人嘛！

我有时候也挺替他感到累的，因为，从他接触过的女人成色上来看，他根本就不懂女人，有点儿剜到筐里就是菜的感觉。

其实，不是所有的女人都可以使用的，有的会伤你而非养你！

当然，这个话题太高深了有点儿流氓，首先我的孩子们就会反对我说，我决定不说了。反正累死的是你徐锦川，关我屁事！

我突然想起了我毕业时一个同班同学、学生会领导写给我的几句临别赠言：

作诗要曲，做人要直。不能像作诗那样做人，也不能像做人那样作诗。

还有一位憨厚的老班长的留言，留言中竟然出现了魔鬼的字眼儿，但文字我想不起来了。

可想而知，我当年给同学们留的是什么印象？！

再过两年就六十了，我觉得，我总算学会做人了，原来，人是可以转变的。

朝闻道，夕死可矣。

感谢我学生时代的两位热心同学，受教了！

前天接到了一个电话，听了半天愣是没有听明白她在说什么。

恍恍惚惚间让我感觉是个日本女人在说汉语。实在听不出个所以然的我只好说：

说日语也行啊！

日语总算是听懂了：

我大学同学金铁成的原合作伙伴、日本生活调查中心的社团法人（会长）工藤先生来中国了，想见我。

那应该是九年前的事儿了，我大学的同学金铁成来北京找到了我，说他的"中国总研"过些天将和日本的生活调查中心一起来中国东北三省考察，想和地方发改委部门的领导见个面，最好能一起开个研讨会啥的。

这对我肯定是小事一桩，我想都没想就应承下来了。

也许我答应得太快了，加上他一落地，我就拉他来郁金香温泉度假村住，又是花度铁板的，可能给他的印象是我在炫富摆谱，他当时的感觉，一定觉得我跟在大学时一样不靠谱。

泡在温泉中的他一个劲儿夸赞温泉，可他看我的目光中分明充满了不信任。

温泉度假村虽高端，因为是朋友的店，不用我花一分钱，我当然愿意带朋友来这儿了。

也许是因为我没有解释的原因，以至于他们在东北三省转了一圈，直到来到北京后才联系我。

他们没能见到东北三省任何一个地方的发改委官员。

他们一个团是 14 位。下飞机的当天，我在我的小岛上宴请了他们。

那一天他们喝了六瓶茅台。

第二天上午，我联系了北京市发改委接待他们，并开了一个研讨会。

时任北京市发改委的副主任王海平是我老乡，他们的环保话题，北京发改委当时也在做。

中午，海平主任请他们吃了全聚德。

这是他们这次出来调研考察最成功的一次活动。

特别出乎意外——金铁成如是说。

又过了一段时间吧，我接到了同在北京的刘守序同学打来的电话，说金铁成来北京了，后天准备去你那。

五天后，我打电话给刘守序：

金铁成到底哪天来我这儿呀？

回答令我吃惊：

金铁成病了，先回日本了，好了后再来看你。

一天晚上，我接到了从未谋面的金铁成夫人李宝金打来的电话：

金铁成因病去世了。

我及时地通知了在日本的同学。

没过多久，金铁成的夫人来我这儿，专门代表日本生活调查中心，来邀请我去参加那一年由日历集团承办的他们中心的年会。

我才第一次了解这个中心是干什么的。

这个中心是由日本众多的大生产厂家联合成立的，旨在服务回馈社会的一个社团。

工藤是会长、社团法人。

这个工藤先生年轻的时候就在做中日邦交正常化的相关事宜，并多次受到周恩来总理的接见宴请。

他们邀请我在他们的年会前到日本，参加三天的年会活动，并允许我带上两个朋友，吃住行都由他们负担。

那几年正是我不敢坐飞机的时候。他们又没有说给我买头等舱的票……

我放弃了那次机会。

本来，上一次金铁成直接电话联系了我，可当我成功、漂亮地帮了他的忙后，他却不愿意再来找我麻烦我。这一点令我想到了我当年的老班长郭纪良。

郭纪良当年北大研究生毕业后也来到了海南，我们见面后反倒令他有点儿迷失。

海南的工作不好找，可他开出的条件就更不好找了。他拿我做参照物，所有的待遇一定不能低于我。

在大学时代，我们两在学校基本上代表了两类人：好人、坏人。

所以，我这两个同学看到我今天的这份嘚瑟劲儿，难免都会有些不平衡。

其实这一点我反倒特别能理解。这只能说明，人本无好坏之分，每个人都在进步，因为社会也在进步。

当我们戴着有色眼镜看人的时候，难免就有失偏颇了。

口业，两位同学都不在了，可我还在这儿胡说八道。

童言无忌，阿弥陀佛。

这次工藤先生来，是参加地球环境会议的，《人民日报海外版》还进行了报道。

工藤先生 81 岁了，在日本，每天还要上下班，工作也就是写写画画的，平时做的最多的是安排各厂家出钱，来做"拯救地球"的事儿。

给我打电话的女孩儿兼翻译叫杉本，四年前毕业于清华大学经济系。听到这儿我有些好奇：

你们上课是用日语还是汉语？

听了她的回答我更加吃惊了，那一天她来电话，我真的没有听出来她说的是汉语呀！

当然，我知道，她可能也同样在怀疑我：

这个人大学时学的真是日语吗？

人，总是有软肋的，只是自己看不到而已。

让我们还是站在孔雀面前去欣赏那份美丽吧，千万别绕到它的身后！

那儿，真的是一幅惨不忍睹的画面！

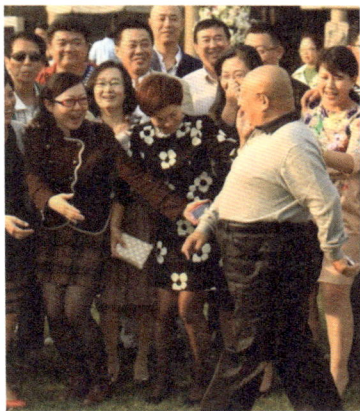

74

江郎才尽，也是实在没有什么事儿好写的了。昨天，我联系于守山，让他帮我的新书起个名字。

没过一会儿，他回话了：

《生活敢把我变成胖子，我就敢把生活变成段子》——传奇人物封仪的爆笑人生故事。

大家觉得如何？评价一下！

传奇人物，我还真不觉得过分，这辈子我好像就是为了创造传奇故事而生的。

甚至有些发生的事儿，我自己都觉得精彩。

我把一些特定的日子变成了节日，比如12月31号，从1996年的那餐忘年饭起，20年来，年底这样的聚餐就不曾有过一年间断。

每年最后一天，三十几位小兄弟们不用通知，自觉地聚到一起，谈一谈一年的变化，沟通一下彼此间的需求。

每年腊月二十，我必在海口招待十几桌当年一起闯海的朋友。人，不单要学会感恩，也不能忘了初衷。

2016 年的闯海人招待酒会应该是第七个年头了。

15 年前我把自己下岗，辞掉了所有的职务，专职做起了职业交朋友的工作。

14 年前租下柳荫公园湖心岛，每年拿 100 万元出来，专门用于免费接待各地朋友，一晃就是 14 年。

北京所有的会所都关了，风仪坊这是我休闲待客的地儿，不是会所。

我做事蛮执着的。

自打用了这台手机，20 年过去了，我从未换过号码，这就不单是执着了，这是诚信。

风仪坊能够健康成长，离不开朋友们的支持。

10 年前风仪坊就开始使用娄山的冷轧花生油，一直吃到了他的企业今天该转型了。

绿源肉业刘英福的牛肉，我一年消灭几百斤！

张占宇二哥 100 年、50 年、30 年的好酒，二哥每年送我各 20 箱，那是价值五十几万元的产品啊！

曹旌但凡知道我回来了，就是一句话：

开车回来的吗？

每当我开车回来，一定是拉上满满一车的道光酒。

这所有的一切全部是免费提供给我的。

风仪坊还经常得到市领导的关爱，整头的猪啊，一箱箱的海参啊……

这不是显摆，想说的是风仪坊的健康成长离不开朋友们的支持。

这些还不算，我家里很多东西都是朋友送的，诸如锦州的楼房三亚的楼房锦州的别墅以及我的奥迪车女儿的英朗车。

我不敢想象如果没有朋友，那该是怎样的一种人生。

我不想过没有朋友的生活，尤其是连老朋友都没有了，那该是怎样可悲的生活呀！

活在朋友中间的人，是幸福的。

我非常幸福！

75

　　昨天上午，约好刘志则来风仪坊午餐，十点过一点儿，刘总到了。

　　还好，刘总及时地变成了一 120 急救车。

　　刘总刚坐下，我这右胸就开始疼起来了，喘气都疼。

　　刚开始还以为是咳嗽引起的，谁知道越来越疼，已经到了无法忍受的地步了。

　　百度了一下，很可能是肋膜炎。

　　刘总坚持要送我去医院，我同意了。一直以来我都深信中医，但在这种情况下，我们还是直奔安贞医院去了。

　　大夫左敲敲右拍拍：

　　从目前情况看，应该是肾结石。

　　我马上表示抗议：

荷塘清趣

心静自然凉

彩图珍藏本中华国粹经典文库

每套全书精美图文并茂，内容丰富多彩

《增广贤文》 全一册
《幼学琼林》 全一册
《千字文·百家姓》 全一册
《人物志》 全一册
中华国粹经典全图珍藏本

我有肾结石，肾结石是在左边。

大夫微笑着对我说：

那我应该恭喜你了，你左边也长了一个肾。

无言以对。

折腾了半天，疼痛也没有停止。好像打了止疼针也没有起到作用。

整个一晚上我是坐着睡的觉。

好容易来到了风仪坊，小董她们就想出了一系列折磨共产党员的办法，说是可以把结石排出去。

他们的办法半个世纪前戴笠都用过了，对共产党都不起作用，对我就更不可能有用了。

如果按他们的方法做，肾结石会不会好我不敢说，我这条老命怕是就保不住了。

天理良心啊，我也没得罪他们哪，他们干吗想置我于死地？

疼痛不减，我怕医院会误诊，我怕是阑尾炎，赶紧拨通了王大夫的电话，王大夫告诉了我阑尾应该长的正确位置。

肯定不是阑尾炎了。

那就挺着吧，尽管喘气都疼，也得忍。

好在我还年轻，我就不信我就扛不过去了我。

死扛！

76

　　我没有丝毫要诟病、抨击任何医院和医生的想法，我只是庆幸，我再一次自己拯救了自己，才得以保住了我这条还不算太老的生命。

　　上周六上午约了人，谈话还没开始，我的右半扇，从下往上疼痛不止。刘总及时地把我送到了安贞医院。

　　结论是肾结石，点滴后就回家了，因疼痛不止，一夜未眠！

　　第二天仍是疼痛不止，看看快下午了，照这样晚上该怎么过呀？

　　第二次问诊安贞，医生只是看了一眼我昨天的病例，就又开了一堆药让我点滴，我提出了疑议：

　　这个疼法不对呀，疼时我这胸部都跟着疼，连喘气都困难，你帮我看看会不会是别的毛病？

他们都连着呢，疼起来往上蹿这不奇怪。

点滴后，我再次找到医生，能否打一针止疼药，被拒绝了。能否开一片安眠药，再次被拒绝了。

我艰难地回到家，此时，疼痛感更强了，会不会被误诊？万一不是肾结石……

我迅速拨通了协和纪志刚主任的电话：

我可能被误诊了……

你马上到协和医院国际部！

一通检查后，得出的第一个结论就是绝不是肾结石，

马上给了广谱消炎药物，边消炎边继续检查。其间，已经对我进行了停水停餐处理。泌尿、内科、基础外科等诊室的医生都来过了，基础外科医生明确给出结论：

阑尾炎。

暗自庆幸啊！如果我不及时地联系纪主任，不及时地来协和，当天晚上可能就会因为阑尾穿孔而死。吉人天相，又躲过了一劫，看来将来还要继续多做好事，好好活着。

没想到生死竟然就是一步之遥！

阿弥陀佛。

77

如今科学已经发展到不可思议的地步了，学科划分越来越细，以前一个昆虫学就涵盖了天上地下数以千计的昆虫家族。

今天，你再讲，只能说我是研究蜜蜂的，我是研究红羽蚂蚁的。啧！这才是专家。

医学领域的细化就更加厉害了！

有幸在正确的时间来到了正确的医院，在朋友志刚的帮助下，还完成了一次对现代化医院的一次较完整的点兵。

被安贞误诊后，第一时间拼命赶往协和，等到达协和急诊室时，护士已推着移动床在那里等我了。

上床后被推着迅速转了几个房间，等进入泌尿科休息室时，周主任已经将肾结石的可能性排除了。

接着，我开始了解起医院的部门与学科，泌尿、普外、基外、呼吸、很多科室的值班主任都过来会诊了，人们认真地说些尽量让我听不明白的话语，看起来都很紧张。

我的右胸更加疼了。

等到住下时，已经是凌晨四点了，知道这次要打持久战了，就主动选择了一间相对便宜的病房，1200 元一晚，比上次住那间套房便宜了 600 多元。

第二天开始用药，不知道是什么药，也不知道针对什么，反正一定是广谱，就听天由命吧。

一个女大夫来了，敲打了我几下又看了看片子：

典型的胆囊炎！

我迅速把这一消息发了出去：

确诊了，胆囊炎。

晚上，普外的大夫来了，拿过片子，对身边的小年轻说：

看，这几根阑尾有点儿发粗但没有溢出，还好，是阑尾炎。

我再次通知关心我的家人和朋友：

最终确诊为阑尾炎！

治疗这几天，不允许我喝水吃饭，说片子看似乎还有一段肠梗阻，还有点点肺内感染，胸里似乎还有点儿腹水。

我每天就是要输液，除消炎的药，还要补充够我这体格用的能量。

我提出抗议，打几瓶就完全可以维持我的健康状况，我不打了。第一天我扔了三瓶。

排便了，他们允许我喝水了，再也不用偷着喝水了。但是葡萄糖，他们每天仍要从九点打到晚上十一点。

昨天我睁眼一看，刚刚又挂上一瓶，时间已经是 11：30 了。

我喊来护士:

你马上把它摘掉,我受不了了!

睡不着了,我给这次救我的哥们纪主任写微信:

主任好!首先感谢您把我从鬼门关拉了回来,真的是太危险了!咱哥们我就不说外话了,现在病情已经确诊为阑尾炎和肺炎,我想能不能就按照这个来治疗,我已经开始排便了,该给饭就给饭吧,我实在受不了用葡萄糖来维持的这种治疗方法了。一会儿加糖一会儿降糖,搞不好我出院真就离不开降糖药了。其实我自己的健康方法一直很好,这次一是工作太累,一是我已经知道怎么诱发的阑尾炎了。所以,咱就照这两个病治,至于腹水就先由着它,做下一个五年计划,偶尔积点儿水我想也不必太紧张,您说可以吗?穿刺那种事儿我是绝不想做的。心里特别抵触。

明天早上主任会来查房,如果他们依然不同意我吃饭,我就直接出院。出院去哪应该不是问题了,因为诊断复杂对症下药还不应该太难。

我马上又给锦州的卫生局长刘华发微信:

刘局好!我在协和医院国际部住院治疗,阑尾炎、肺部感染、腹腔好像有一点儿积水。五天了阑尾炎基本好了,我也开始排便了,可他们坚决不让我吃饭,我实在无法忍受。病已经确诊,是不是到哪里治疗都可以?国际部条件虽特别棒但是不给吃的我真受不了了。不给吃的不说,每天还要给我打进七大袋子的葡萄糖!

锦州也应该有条件好点儿的套房吧?用药治疗应该没有问题吧?麻烦您帮我联系一下如何?拜托了!封仪。

我已经拉开架势准备离开了。

转机出现了，今天病房巡视时，他们终于同意我可以吃饭了，并决定将我转入内科收诊。

我当场表示感谢他们治好了我的阑尾炎，可他们一句话就让我懵了：

没人说是阑尾炎哪！

我下意识地摸了一下阑尾，疼痛感明明就是没了呀！

我陷入了深深的迷惘中，这些天我尽心尽力配合治疗，但不知道治的是什么病？可疼痛感还真没了。

协和医院知道这种抗生素对我有用，坚持用准没错，但难道真不知道我得的病名是什么？

我特别满意的是协和这支热情团结能干的团队，他们不管你是什么毛病，先逐一排除，然后针对尽管还有些拿不准的东西，但敢于针对性大胆用药，终在最短的时间，挽救了我。

今天都转了诊室了，还没来得及向那天晚上的几位兄弟们道谢，遗憾！

一封语江湖

78

从肾结石到胆囊炎，从阑尾炎到胸膜炎，近一周的断食配合治疗检查，以七斤白条肉的代价，换来了血象得到全面控制，最终浮出水面的病情竟然是胸膜炎。

胸膜炎的问题暂时得以控制了。

这只是万里长征走完的第一步，接下来，医生嘱咐我还需要一段长时间的静养。

今天，我将离开可爱温馨的协和医院了，到外面的世界自己去独处一段时间，静养那么几天吧！

也时尚一把，来一次说走就走的旅行吧。

还是老规矩，带上行李，不行，这次一定得带上服务员，直奔机场，直奔海航柜台，找一张最近时间最划算的超值头等舱，补张机票后再安排人接机。

当然，没有划算的票咱也没关系，到任何车站随意补一张千八百元的高铁商务舱，目的地自然就有了。

没有什么事儿是当务之急了。

打开携程才发现，近几天海航还真不给力，没问题，查查高铁，终于让我逮着了一个目的地，好，就这么定了，今天上午出院，下午就奔大海去了！

女儿琳琳也该回美国了，顺便带上她，帮忙拎拎包还是不错的。

她妈一看闺女要干活，那哪还舍得呀，老远就举起粗壮的胳膊：所有行李我一人搞定。

唉，天生做牛做马的料啊！

协和国际部是我住过的条件最好、服务最热情、医术也是最高的医院，她们所有护士的颜值都达到了爆表的水平，最初我还对他们的业务有些怀疑，护士就护士呗有必要非得找这些大美女嘛。

她们精益求精，技术过硬，无论大针小针，从来都是只需一下就准确地扎好了，令人叹服！

美女们一进来我就呈微闭双眼状态，耐心地回答着她们一句句问话，趁机嗅着空气中的芳香，判断一下她们对香水的品位：

兰蔻？莲娜黎姿。

当然，这时候千万不能轻易睁开眼睛看女孩，第六感直接在提醒我：

琳琳她妈正坐在距我两米不到的七点钟位置，边喘着粗气边恶狠狠地瞪着我看呢！

小不忍……

79

　　三天前，携程网告诉我，到青岛还有三张商务舱，时间也还来得及。我马上做出了决定，赶紧买票，赶紧通知人送我们上车，就到青岛去，去青岛放放风，去散散心。

　　青岛有同学有闯海人，有老乡有哥们儿。

　　医院里被憋闷了十天，又有五天时间不让人吃饭喝水，人被熬渴得有点虚脱的状态。

　　炎症虽得到了控制，但是身体还是显得有点儿虚弱。

　　到这就简单了，每天我先提前安排好跟谁一起吃饭，别的就不去想了。除了被朋友一日三餐接出去吃饭的时间外，基本上就是静卧在福瀛观麓国际酒店的公寓里。

　　青岛的姜丝炒蛤蜊真是美味！

　　遗憾的是我每次还想再来一盘时，都被拒绝了，理由是：

还有好多好吃的呢！

没人理解，姜丝炒蛤蜊已经成为我的最爱了！

这个酒店公寓做得很时尚，号称是一座会呼吸的建筑，是一座有生命的房子。

它是利用地源热泵系统、天棚柔和辐射采暖制冷系统、置换新风系统等一系列手段，实现恒温恒湿恒氧的状态。

对于来放风休闲的我来说，实在是一个难得的好去处！

每天，两条大肥腿搭在贵妃榻上一躺下，服务员琳琳马上就把红茶冲好了端过来了：

老爷请用茶。

琳琳她妈也习惯性地坐下来，开始为病人揉起了肚子。

这份惬意真是爽极了，做病人的感觉真好！

今天准备青岛飞锦州再回去待几天，就住在杏花村的风仪坊办公室，也可以与一直关心我的亲朋好友们见见面。关键是想吃啥酒店马上就可以送上来，有我老弟我怕啥！

明天上午十点是开放日，诸位亲朋好友不妨都过来坐坐，不另收门票了，看看瘦了十斤的我是否还有风采？

其实呀，什么风采呀，和生命来比吧，我还是觉得活着就是最好的了！

挺着负伤的肚皮，荣归故里。

这里说的荣归，是指光荣负伤后还乡的意思。

没有欢迎的人群和鞭炮声，就连吃点烤串儿，还被安排在了"老万家"门外的露天地儿里，害得我一度都有些担心，来买单的副书记中途会不会跑了？

坐在门口露天地儿里的副书记，四下瞅了一眼，迅速把近视眼镜摘了下来。这样一来他就看不到别人了，他心理平衡多了，就不觉得坐在这样 Low 的地方会跌了他的身份了。

"老万家"有 28 个包房，可竟没有一间能容我的地儿？

这就是我美丽而富饶的家乡锦州。

管不了那许多了，快点吃，孙振元大哥还在大益等我呢！

孙振元是我三十几年的老朋友了，前段时间，也不知道他从哪个渠道得知我好咸鸭蛋这口，专门从太子河乡下收了好几百个咸鸭蛋，专程送到北京。

那个好吃呀！

也许你不会相信，我每天早中晚是三个、五个、两个。

这不快断顿了嘛，赶紧就投奔大哥来了。

孙振元大哥是世界古生物化石领域的顶尖级藏家，他拥有的化石藏品，如果说是世界第二，那就不会有人敢说是第一了。

大哥在本溪水洞有个规模较大的化石馆，我还曾为他的化石馆贡献过门票呢！

辽西是出化石的地方，我的第一块化石是苏曼华老师送给我的。

苏曼华是我中学的老师，是她让我成了一个懂得上进的"好孩子"。

当年，她是我们学校图书馆的老师，主抓了三个小团队：宣传组、广播室、故事队。

宣传组组长是孙绍先，广播室是石丽娟，我是故事队的队长。

1993年赚了点儿钱后，我还专门邀请苏曼华老师"南巡"了一次，就是那时候，我得以和化石结缘。

那是一块有着几只乌龟化石的一块板儿，漂亮！

记得孙绍先看见后，还为这块化石题了一首藏头诗：

封存神龟属天工，

义州骑鲸有后生。

珍品亿年佑识者，

藏于金阁助远征。

一封语江湖

81

昨天，阔别二十几年的老乡、老朋友沈洁来了，再次见面，两人一顿唏嘘不已。

1993年开往北京的软卧包房里，两个踌躇满志的青年几乎是一次彻夜长谈，那时候，那个心气，那才叫凌云壮志！

今天，两个小老头睁着迷离的双眼，你望着我我看着你，可交流的东西越来越少，剩下的是只有回忆了。

沈洁的名字再次出现，还是从我家三姐那听到的。那时候沈洁在做一项目，好像我三姐在给他做点儿工程吧。

沈洁带来了两个朋友，他们正在筹拍关于王震的电视剧，西北某大军区出资七千万元，他们没做过电视剧，所以想听听我的意见。

我请他们在第六季坐好，边吃着自助海鲜，边帮他们分析这一"复杂"问题。

有一件事儿真还得先吹一下，近几年，来自广东海南的朋友渐多，很多人都是"口碑相传"一带一过来的，他们可不是来我这儿玩怪力乱神那套的，咱又不是大师。他们送我一美誉：

复杂问题处理专家。

我是相当受用！

碰了下杯后，我就开始处理起这件毫无悬念的复杂问题：

你们既然想听我的意见，我就跟你们实说吧，这是一个坑。这两位既然是你的朋友，那么挖坑的显然不是他们，他们应该是被挖坑的人。

这哥几个开始发愣了。我接着说：

我敢打赌，所谓七千万元，你们还没有拿到一分钱。为什么？首先，这西北大军区凭什么找你们拍？你救过这个大军区一把手的命吗？你有一个美若天仙的妹妹吗？你的名气超过张艺谋？你还是攻受皆宜有一手好活？再者说了，别说是七千万元，就是有人出七百万元，王震家里不知道是谁，就会自己做了，还能轮到你们？最后我要说的是西北大军区还有原来体系的人吗？还有人敢为西北大军区的某人树碑立传吗？再者说了，大军区一定比生产大队编制健全吧，应该还有个叫政治部宣传部的部门……我不多说了。第一，你们别被坑了；第二，你们也别想通过这个赚钱。倒退十年，拍个这样的片子赞助特别好拉，为什么，开机或者关机或者首映式上能跟王军照张照片。今天怕是只能跟一帮投机分子照了，因为他家在位的人不会嘚瑟了，不会出来了。最后我再说一句难听的话，这位老兄你刚才介绍说是航天部的吧？我估计退下来时你应该是在正局位置吧？

三个人齐齐点头。我接着说：

如果老兄是从发改委、能源部、证监会等正局位置上退下来，那就不是余热而是地热是资源是能源了，可航天部嘛……

我知道我有点儿过，嘴有点儿损，但是真心为他们好。无论是被人耍还是耍人，都是不合时宜的。

允许我再吹一次牛吧，1994 年我就开始投资电视剧了，别忘了那部片子的名字就叫作《骗术档案》。

有个叫作什么"夫"啊，还是叫什么"斯基"啊，还是叫什么吃客的老外曾说过：

善良的人们，我爱你们，可是你们要警惕啊！

82

"中山路复记大排档。"

远在上海的一个小侄儿，给我指定了昨天晚上的出行目的地。

昨天在朋友圈发了张吃老友粉的照片，小侄儿及时发现了问题：那哪是吃老友粉的正宗店啊？！

好心人容易暴露弱点，你说一提吃的事儿如此热心的人，不单自己来劲儿还要替别人指点方向？他要不是个吃货才怪了！

当我跟南宁朋友说要去中山路吃老友粉时，他们竟然将脑袋摇得跟拨浪鼓似的：

那地方哪能吃东西？擎等着闹肚子吧！

说老实话，我就喜欢那样的环境，就喜欢满大街弥漫着的老友粉味道！

再者说了，来南宁你要不闹一回肚子，那你还算来过南宁吗？

　　我是个老饕级的吃主儿了，我对老友粉之所以特别喜欢，是源于那一碗浓汤，加之酸辣咸香一个劲儿地刺激你的味蕾，让你欲罢不能。

　　中国餐饮的特点就是无味使之入味，有味使之出来。老友粉恰恰将这一点发挥得淋漓尽致。

　　米粉筋道滑爽又以弹性强而闻名，棒骨浓汤配以酸荀及爆得香喷喷的葱姜蒜辣椒和肉末，再加上两片薄薄的肥肠，配上那酸辣咸香的浓汤，啧啧！

　　轻轻咽下一片香糯的肥肠，端起碗咕嘟嘟喝下一大口浓郁的老汤，那种酣畅淋漓的快感，绝不亚于床笫之欢刚刚缴枪。

　　靠！扯远了。

　　晚上，兄弟们为升任省旅游委主任的三弟夸官，席间，我竟然喝了四听啤酒，基本上是破了我迄今为止的个人记录了。

　　三弟已经正厅级五六年了，今天终算是实至名归，我为之高兴。

　　考虑到晚上还有一餐老友粉，我悄悄地叮嘱了一下一起来的朋友们，肚里留点地方。

　　餐后先到大学同学赵克的办公室坐了一会儿，一栋七层的独立小洋楼，是东盟国际研究中心，赵克是这儿的老大。

　　其实，前些年赵克比现在还辉煌，任了几年桂林外办的主任，接待过的国家元首比我知道的外国国家名都多，仅记得的就有海部俊树还有克林顿等等。

　　轮到赵克带我们开车去找中山路的复记了，天哪！我真怀疑赵克这家伙来没有来过南宁，距离他们单位也没有多远，却足足忙活了近一个小时！

　　也不知道他是个路痴还是上辈子是开出租车的！

成功提炼出水蛭素的中国发明创造奖得主、提出小蚂蟥大产业的坊友、企业家周维海从微信上得知我来了，第一时间就向我发出了邀请：要请我吃饭。

　　当我提出想吃老友粉时，他好像还犹豫了半天，也不知道是嫌贵还是嫌远，反正他老想换地方。

　　复记可是我小侄儿推荐的地方，今天是非那儿不吃！

　　插曲：

　　资深坊友何小鹏也专程从富川县赶到了南宁，他现在是那的代县长。他头脑敏锐、思路清晰，是位难得的人才。我知道，未来，他一定会走得很远。

　　你不妨记住何小鹏这个名字！

　　知道复记的人，一定是个吃主儿，当我们到时，那已经没有空位了。在其隔壁一个似乎是储物间的地方，我们发现了一张桌子，最后东拼西找终于凑够了六把椅子。

　　坐在哪里并不重要，只要你上的是真家伙！

　　前面我就告诉你了，味道好极了！

　　当我喝完了一大碗汤时，我犹豫了再三，终于还是把剩了一些粉的碗推了过去：

　　小贾，帮我再要一碗汤呗！

　　又满满一大碗汤下肚，生理上再一次得到了满足。

　　嘻嘻，这里说的是生理上得到了满足，我想，你应该是懂的。

83

婺源，在我的记忆中一直划归在安徽的版图中，直到昨天，我才知道，我的记忆储备需要更新了。

其实，它在很早以前就属于江西上饶地区了。

来婺源的游客多在春秋两季，春季看婺源黄花，秋季赏婺源红叶。平时穿梭在乡村小镇之间，感受徽派建筑艺术，真的令人赏心悦目。

婺源以天下最美乡村而闻名遐迩。

我在早年就到过婺源，那时候是陪鬼子来的，鬼子买了不少茶。

我对婺源茶感觉一般，尤其是年龄大了，更很少碰绿茶。

毕竟绿茶属性偏寒，还是少喝为佳。

当然，每年我还是会喝上一两泡绿茶，但一定要在一环境优雅场所，身边有一少女相伴，然而，这些早已经与性无关。

闻着清纯女孩子散发出的淡淡体香，看着杯中翻滚的叶片，其实感悟的却是人生冷暖。

执杯在手慢慢送到唇边，茶水清冷冷滑下的瞬间，一股满足感油然而生，正合了知足常乐之说。

哥没有虚度人生。

婺源喜添一新景点江家湾，到了方知所传非虚，人如潮涌可见一斑。

江家湾景区也确实好看，一水儿的徽派建筑，整洁的一户户民宅直接被镶嵌在了景区内，那份感觉，出奇的放松清闲，甚至有一种来朋友家做客的错觉，完全忘了他是商家、我是游人。

独独让我不解的地方，是景区内有一喝茶还可以看表演的场所，有点儿像北京的老舍茶馆，小舞台正中挂着一块牌子，上面写着三个大字——鼓吹堂。

我诧异地问陪我参观的景区张总，这是什么意思。他解释说是演出开场前乐器要吹吹打打的，故名鼓吹堂。

听到此处，我突然有个大胆建议：

游客如此之多的景区，那么大的一座摆满桌椅板凳的鼓吹堂闲着，还不如干脆就改成真正方便游客的茶楼，三元钱一碗一杯到底，用的都是那种陶瓷的大茶缸子。

交钱入场领茶缸子，每张桌上都有一把大茶壶，游客自助服务。既方便了游客又可形成一新的人文景观。

茶壶中没水了，你喊一嗓子，茶就上来了。

几个小老爷们儿拎把大茶壶这么来回一穿梭，啧，耐看！

保证比你卖矿泉水有意思，赚的多少姑且不论，没有人会一杯茶喝到晚上的，十分钟后他要随旅游团走的。

仅仅十分钟，你提供的是温馨的人性化服务不说，保证能让游客们口碑相传。

再者说了，游客进来了，你的机会就来了，到时候这不定能出现什么新的商机呢。

不做，什么都没有。做了，什么都可以往前趟着走。

信我的你就试试，哥1982年就在桂林干导游了，接待的还是小鬼子。

那时候哥就能在没有任何背景的条件下，以全陪的身份把一队鬼子从广州带到桂林了。

我带他们来可不是进村来抓八路的，他们是来中国花钱消费的游客。

嗨，不吹了，桂林，是哥的滑铁卢啊！

那时候，哥从滑铁卢就绕道奔麦城去了。

84

昨天早餐是跟家里人阿旬在江湾大酒店吃的。

他见我取了一碗米粉还拿了五个鸡蛋，不由得瞪大了双眼。我明白，他该讲营养过剩的话题了。

可他终还是忍住了。

他知道，我是属于当地说的那种叫杠筋头的人，愣是啥都听不进去不说，还准备了一套套的道理准备反击的那伙儿。

人们常说的是三个鸡蛋就够一天的营养量了，吃多了无益。

可我要说的是今天有几个人还在为补充营养而进食？

喜欢才是硬道理！

朋友们拿我是没有办法了，可孩子们呢？现在还好，自己能四处乱跑不受任何约束，将来呢？

我最担心的，是将来孩子们会以爱的名义剥夺我的自由。

我现在在拼命保护我健康的牙齿，保护还算说得过去的肌肉，不然下一步我怕是孩子们天天这样关心你：

还吃肉？！你看你那牙还咬得动吗？

没办法，这是孩子们对我的关心啊，到那时候，我只好痴痴地看着孩子们，他们大口小口地吃着肉，腮帮子一个劲儿地鼓动着。

我默默地端起碗，喝一口添了一勺酱油的小米稀粥。

我天天敲击后脑来锻炼记忆力，我知道，要是老年痴呆了可能被关心的力度就更大了。

儿子可能会对他大姐说：

大姐，昨天老爸又跟那个卖肉的女人走了，可别出事！

小姐姐说话了：

老爸昨天在院子里追一小萝莉，还一个劲儿地叫你的名字。

二姐说话了：

姐，老爸可别给咱们惹出事来，我看还是把老爸关家里算了，他既走不丢了，也不会跟别人回家了。

姐几个一商量，为了更安全，反正老爸也不愿意运动，也不会过马路，干脆，就把老爸绑家里算了。

卫生问题也好解决，批发一车"尿不湿"，一天用一张，一车够用好几年的了。

平时老爸不是喜欢这个姨那个姨的嘛，全接家来！围一圈绑一起，中间放个小圆桌，放一堆麻将、几副扑克牌，再放些象棋、跳棋，反正都痴呆了，就图个乐和。

这个姨出一张红桃二，那个姨打出一七饼，老爸再拱一步兵，玩去呗。

多么其乐融融的一家人啊！

总之，这已经是一伙儿老年痴呆了，是一伙儿不讲究大小的存在了嘛，那就没大没小到底！

你问午餐怎么解决？可能到时候我哪个孩子又该说了：

扯啥呀？一天啥也不干就在那坐着，也不活动，吃啥呀？晚上不还有一顿小米粥嘛！

弄不好这一折腾啊，肠道都被清理得清汤寡水的了，说不定到那一天一划拉，哇塞，全是舍利子呀！

童言无忌童言无忌，阿弥陀佛！

为了不让孩子们以爱的名义来关心我，我一定要健康、主动健康！

糟了，本来，孩子们还没想好怎么照顾我，我这不是在给他们支招、点步嘛！

说到这儿，我提醒一下诸位，健康对我们来说是一件特别特别重要的事儿啊！万万不可掉以轻心！健康是福，是你的一切！

别到老了，走不动了，见面的问候语变成了：

今天没被绑啊？

没有，"尿不湿"让我用光了，孩子们怕我在家弄脏屋子。

那是一个让人不敢多想的明天。

好在我还年轻，我还天天坚持我认为最牛的运动。

在这儿我先吹句牛吧，很多人都知道我上月 25 号，被滚开的茶水烫伤了可爱的肚皮，很多人担心我血糖高伤口难以愈合。现在，我负责任地说一句：

真的是没到半个月就愈合了。

"列宁同志已经不咳嗽了！"

　　由于我长期坚持主动健康理念，估计 30 年内，不会有被孩子们以爱的名义过度关心的情况发生。

　　可我担心，我 90 岁时会不会就走不动路了呢？

　　真羡慕杨振宁！

　　不是到 90 岁时羡慕，现在也羡慕。他身边那孩儿叫什么来着？

　　阿弥陀佛。

85

也许是前几天在朋友圈渲染得有些过分，以至于昨天的饺子宴有点儿变味，好些人已经不是来吃饺子了，倒变成了病人探视。

还没有到五点，大厅里服务的朋友就发来了短信：

封哥，坐不下了，51 位了。

升起的大圆桌能坐 30 位，里屋能坐十几位，大厅里的台子能坐些人……

嗨，这又有什么关系，本来就不是冲吃饺子来的，大家就是图一乐和，好久没有聚会了，见面交流一下才是硬道理！

艳子到得很早，她一到我就放心了，我知道，后厨的事儿我不用再操心了。她会安排得井井有条的。

李映雨的出现本是在我意料之中的，可谁会想到，她和馅的水平竟是如此之高？！

昨天的猪肉、牛肉、三鲜、酱肉都是她调制的馅。

让所有人都叫好，昨天还是风仪坊的第一次。

我特意准备了五十年的大凌河，又特意临时换上燕京扎啤，再隆重推出了泡制了小半年的药酒。

昨天徐锦川选择喝了药酒，半小时后，他就有点儿坐立不安，后来发现，直到离开，他右手一直放在裤兜里。

也不知道为什么。

昨天正赶上张老师在，张老师临时辅导了大家一下"乐器"优格利利，很快，大家就嗨皮起来了，在"乐器"的伴奏下，大家一首接一首地唱着歌……

里屋一次次传出风仪坊的招牌呐喊。

张老师10号前在日本，等他回来吧，到时候每逢周末我们就聚聚，管它是女子合唱还是大合唱，一起乐和乐和，完事，没有饺子就吃包子，没有包子就吃面。

吃什么并不重要，快乐才是硬道理！

终于有大块时间可以和发小们聊天了。

离开协和，转道青岛，回到老家锦州调理身体，一路上依然被要求静卧静养。

发小、同学们纷纷前来酒店陪我，喝点儿小酒聊聊天，时不时再玩玩牌，美死了！

酒店是老弟佟刚的，自然我是想几点起就几点起，想要多少间房就要多少间房，想吃啥就吃啥，想招待多少人就招待多少人了。

我没说这是我开的酒店，佟刚已经偷着乐了，谁让他摊上我这个贫下中农的哥哥呢！

说到贫下中农才发现，这些天我们聊的都是过去的光辉岁月，闲聊中我们却突然发现，我们，竟然是最幸运的一伙人！

虽然赶上了大跃进，赶上了三年自然灾害，但我们没有被饿死，每个人似乎还活得都很灿烂很有尊严。

等该上小学了，却不需要上课了，满世界的学工学农学军，我们可以满世界疯。

哪像今天的孩子那么难受啊，被家长逼得天天不是奥数就是补各式各样的课程，整天都拉着苦瓜脸，佯死带活地熬着童年的心酸岁月。

我们幸福啊，那时候的我们，虽然没有今天各种时髦的玩具、电视剧，但就是一块砖一片瓦，就足可以让我们乐和一整天，嗨皮到一身泥土了。

我们有张飞片瓦、骑驴、打口袋、打嘎、烟盒等各种好玩的游戏！

今天的孩子哪有这种机会？！

我们那时候是按照人的天性在野蛮成长，我们的童年快乐得已经飞起来了。

那时候我们是无忧无虑的一代，虽然看到发生了很多我们不懂也不愿意懂的事情，但一点儿都没有影响我们的心境，我们喜欢虚度光阴碌碌无为，我们根本不需要小气吧啦地把时间当作生命，我们知道时间太长了。

那时候，大家都明白一件事儿，初中毕业城里就不养我们了，那又怎么样？去农村的又不是我一个人。

直到有一天到学校上课，突然间发现班里一下子少了十多个同学，他们都是军人子弟，他们在昨天晚上一夜间就弃笔从戎了！

也许直到这时候，我们才第一次意识到原来社会还可以有如此不公行为。

好在邓大人及时提出了恢复高考，给我们一次搭乘末班车的公平机会，我们又再次成功起飞了，走在了与国人一起开始去实现四个现代化的路上了！

我们这伙人不敢妄称天之骄子，但确实比同龄人多了很多机会。

我们没有被下岗不说，我们有很多人又再次去闯海，再次下海。

因为这次回家静养，才开始慨叹人生。时间过得太快了，我们这伙儿老朋友，大多都是从小学一起走过来的，可今天都有些显得老态龙钟。

未来还很漫长，但我们已经学会了珍惜。

一天天在忆往昔中过去了，身体也开始逐渐得以康复。回忆下这几天聊天的话题、内容，我终于发现，我们这伙人没有虚度光阴！

觥筹交错间我发现，在座的每个人，都有很多故事，每个人，活得都是那么的精彩、令人艳羡！

我们是最幸运的一伙人，这句话一点儿都没错！

我们真的不是阿 Q，是由衷而发！

87

　　有一次，时任汉能集团的副总裁王道民先生，带康师傅的总经理柯达先生来风仪坊做客，席间，我竟然以策划师的身份开始为康师傅策划了一个口述文案。我觉得我发挥得很好，柯总也很喜欢，不管它能否落地，我必须得嘚瑟一下，让大家也评论一下该项目是否可行。

　　康师傅是上市公司，属于民生项目，股票价格平平，不高也不低。

　　我建议康师傅一定要进入大学校园，旨在培养长期的受众。

　　康师傅是个大牌子，但进校园的小店，不妨叫作：

　　泡泡你慢时光吧之类很网络的名字；

　　针对学生，发助学卡，毕业以后还款那种，让学生们吃得起，吃得心安。

专门煮高汤，四两面一大碗，汤汤水水的同学们会喜欢的。价钱就控制在七八元钱一大碗。再加上百事可乐又是旗下产品，八元钱一杯，一喝到底也供得起，免费 WIFI，孩子们也会喜欢。

最起码比学校的伙食便宜了。再者又可以将来慢慢还，学生们也没有负担。对康师傅来说，面卖出去了，收入又在账面上趴着，何乐不为？

再生产点儿袋装方便面，就叫"陪你过夜"，小丫头小小子的，说不定就你送我一包我送你一袋的，这就变成情怀情趣的事儿了。

大家应该知道那款鸡卖得有多他妈的火，我想你应该还记得那款鸡的品牌吧：

请吃鸡吧。

今天的人们离不开互联网了，网络语言必须要有情怀，再想像以前一样干巴巴叙事说话，对不起，哥不跟你玩了。

如果再把这个小店，做成一个创客空间，那可能就更受学生们欢迎了。

简单得很，小店准备一台 5D3 就行了，免费供孩子们拍摄小电影用，免费场景免费提供前后期设备，演员孩子们自己来，为孩子们圆电影梦提供一切条件，孩子们自己的作品在小店播出，发生在身边的事儿，孩子们边吃饭边就看了，还一定会喜欢。

说不定小店一不留神就培养出一个大导演也不是不可能的。

回过头看看，连赵薇、王宝强、黄渤那拨人都可以做导演，哥们你为啥不动手试试？

自己给自己一个机会吧，有康师傅帮你呢，怕啥呀？当年那哥们都敢说：帝王将相宁有种乎，更何况是个导演？你做了，做

283

封语江湖

得多了，你很可能就有机会成为他们！别忘了小电影是院线大电影的浓缩版，玩过两回小电影，你可能就具备与冯小刚陈凯歌去市场抢活了的基本条件。

如果哥在你这个年龄段，别说是跟他俩抢市场了，就是跟他俩抢陈红抢徐帆我都敢！

澜沧江的罗辉局长来风仪坊做客，不知道怎么就说起了蜂蛹。那是我所知道的众多美味中，尚无缘品鉴过的稀有美味之一。

罗局长当场表示，回去给我种一窝，请我去吃。

三个月后，罗局来电话了，再不来吃就不是蜂蛹了！

我明白，一旦变成马蜂之时，别说是吃了，据说三只马蜂就足以要一头牛的命。

浩浩荡荡的澜沧蜂蛹美食之旅终于成行了。风仪坊吃货较多，我们一行九人就出发了。

当飞机抵达昆明，我们一行九人走出机舱门时，机场小王已经等在那里多时了。我们直接走下舷梯，登上头等舱的摆渡车，直接被送到了接我们的车上，享受了一次贵宾礼遇。

车到抚仙湖时，游艇已停在那里多时了。我们游历抚仙湖的同时，听顾书记为我们介绍抚仙湖的传说，很快，游艇便通过了传说中的水下金字塔上方。

只有我们为数不多的几个人知道，其实，那根本就不是水下金字塔，那至少是 300 万年前就存在的远古文明。

晚上，昆明的风仪坊坊友张学东专程赶到澄江，在抚仙湖明星鱼洞宴请了我们众坊友。张总在昆明建了 165 万平方米的高端社区广福城。房子卖得特别好，现在，他们已经建成了全国最最领先的智能化社区——这是住建部、工信部的评价。

当我们走出西双版纳的机场时，一群身着拉祜族服装的少男少女拥了上来，为我们带上拉祜小兜，这是当地对待贵宾的礼遇。一路上，自然少不了欢歌笑语。

云南蜂蛹美食之旅途中，遇见一傣族男孩岩宝，他听说我们住的寨子里来了北京客人，竟专门骑着摩托车背着吉他过来给我们唱歌。

很意外，他唱的是首很成熟很好听的歌。

更意外的是，这首歌竟然是他 19 岁时自己作词作曲的。

半个月后，我请他来了北京。我调动了我的朋友资源，让朋友们帮他编曲、进棚、录音、混音，总算完成了他的作品《我的爱》。

虽然他没能因这首歌成名，也可能因为我不是职业经纪人的原因吧，没有能力推出歌手。可最起码，他是他们寨子里为数不多到过北京的人，他看过外面的世界，我希望他会走得更远。

拉祜族是个能歌善舞的民族，待人特别热情。也许是他们打小就在教堂里唱诗的缘故，他们的无伴奏和声，已经达到了出神入化的水平。

他们有个寨子叫老达堡寨，那里居住着世界上幸福指数最高的一伙人。他们无忧无虑，与世无争。他们脸上的微笑从来都是那么那么的自然。他们的寨子里出了一位十八大党代表，一位普普通通的家庭妇女。

有一首歌，我特别特别喜欢，好像叫不想说再见。可这首歌，我不敢听。

在机场，当我们走进安检时，身后传来的歌声就是这首歌，没人敢回头，因为所有被送的人，早已经是泪流满面。几天的相处，留给我们的是难舍难分！

这就是老达堡，这就是拉祜人！

我为他们写了一部音乐剧，叫《澜沧之恋》，已经做成了小电影，期望有朝一日，能做成院线大电影，用以报答他们给予我们的那份真情。

89

　　小董来我家也有七个年头了。她早已经自然而然地融入了我们这个家，已经是我们家中理所当然的一员。

　　小董好学，你教她做一个菜，她一定会按着教学大纲做得像模像样的，但是你别让她做第三次，第三次她就一定走样。

　　她不懂得标准化作业，无论是什么菜，第三次都会变成他们自己董氏家族菜系的菜。

　　她最大的特点是能吃苦肯吃苦，又贼拉的节俭同时又是一个超级浪费的人。

　　贼拉节俭是她可以为便宜几分钱从城东的商场走到城北的菜场，哪怕踏破铁鞋；同时，她又可以把很多朋友送来的好东西东掖西藏，再发现时已经非烂即臭。

　　她为我们家做事从不曾偷懒耍滑，但是小脾气总是有的，她特别担心我看不到她做的工作。同时，她操心的家事儿太多了，在某种程度上，她是我们家的顶梁柱。

她炒出来的菜我只要尝一口，就会知道她当天的心情好坏。

为了给我们家省一百块污水处理费，她可以整晚上蹲在湖边，自己来抽下水排出去。那手冻得跟解放前的老长工的手似的。

她是典型的东北人，显奇卖快自然是少不了的，她也有这个资格，无论是什么事儿，她都懂一点儿。包括我们家装修，她经常对包工头指手画脚但讲得又特别有道理。

她干过很多行业。

这个人是个典型的顺毛驴子，属于越夸越嘚瑟那伙的。可有时候你要不说她吧，又真的不解气。她看我喜欢吃的东西吧，恨不得半个月都是它了。有时候做的菜呀，让我经常对她说那句话：你又浪费了我一天的寿命！

没有一道我喜欢吃的菜，我就觉得虚度了一天的光阴，浪费了一天的寿命。

她没有权利害我！

她也经常自己琢磨新菜，但成功率很低，我觉得研发新菜跟女人没有关系，女人充其量可以照谱操作一下而已。

每次要放手让她做菜或包饺子，那必定难吃得很，这就是董氏菜系无法形成的原因。

我现在聪明了，不管做什么，都让她"宕"下菜谱照着做，一准是顿美味。包括哪怕随便是炒个青菜。

她对我的关心可谓无微不至，看见我开心，她就开心，看见我生气，她就老实得像我家那只猫，连走起路来都蹑手蹑脚的。

我刚吃完饭，她已经把毛巾洗好放在你身边了；我快到公园了，屋里的温度先就凉下来了；我看电视正觉乏味之时，一杯杨汁甘露已经放在了面前；我该穿鞋回家了，她已经拎着鞋袜站在身边了。有时候我甚至有一种错觉，将来老了，留在我身边照顾我的人中，一定有她。看着她冻得通红的手，看着她熬夜后充血的眼睛，有时候我也会冲着她喊：一百块钱值得你这样做吗？别忘了，你也是老封家的女人之一，别再给我干那种下贱的脏活。

她的眼睛中流露出感激和满意，过后，照干不误。这就是她。

小董长得蛮漂亮的，据说从来就没有谈过男朋友，正因为她是在我这个年龄段出现在我家的，所以，她能一做就是这么多年。

现在我懂了，人老了并不是坏事，不然哪，说不定小董早就被我吓跑了。哎，老男人，即便坏，也已经坏不到哪里去了！

这次的海南之行，是我又一次的滑铁卢，不单没有吃到好吃的可口的饭菜，还被我的一个好朋友灌大了，差点不能活着离开。

那天是张景月在他的会所做东，中视的刘文军，海南出版社的苏斌，301的陈越等都欣然前往。

刚开始一切正常，只是劝苏总编喝酒时，总编说马上要做个小手术，就不喝了吧。

稍作停顿，竟然又加了一句：你喝我就喝。

被挤兑到这份了，我咋的也得装作是个男人啊，谁知道酒杯一端起来就根本停不下来了。忘记了请客的人是个坏小子。

这个张景月呀，那天晚上，他把他的聪明才智全用在劝大家喝酒上了！

一句一句的嗑唠得你是根本不能拒绝，每个人被他一忽悠吧，还都觉得这杯酒应该喝。我估计就是赵本山在场，也架不住他忽悠，忽悠得你每次都觉得他说的不无道理，主动一口就喝下去了。

这就是张景月，往沟里带你绝没有商量的份儿。

想一想啊，一共就五位喝酒的主力，竟然在短时间内干掉了12瓶红酒！

这伙人全然忘了该怎么喝红酒？！

半夜醒了，已经不知道自己是怎么回到酒店的，我特别担心是被抬回来的，常驻这个酒店，真的丢不起这个人。

天刚刚亮我就给住在隔壁的杨波打电话：

我是不是被抬回来的。

回答让我非常满意，不单没有被人抬回来，说我回来时还很清醒地安排了工作。那天夜里，因为实在难受得要命，放满了水我就躺到了浴缸里。

很快我就被一股异味熏醒了。

此处省略一百个字，非礼勿言。

晃晃悠悠的我冲完澡躺在床上时，就开始想东想西，这时要是有双温柔的手能给我揉揉肚子，该是一件多么幸福的事儿呀！

女儿琳琳刚从美国回来，在蓝色光标实习，她妈只能留下，在家里给闺女做牛做马了，还哪有空理我？！

小宇又太小，他妈也必须留下来照顾他，接送他上下学。

找个小姐吧，又怕遭到嘲笑，弄不好人家揉两下肚子，顺带着往下看一眼，那里早已经是蔫吓吓的没有任何性别特征的存在了。万一小姐再说：

对不起，我们只做异性按摩。

那时候我得多尴尬呀！

后来，得知张景月那天也喝多了，我的心情多少好过了一点儿。

临去赴宴前，清清楚楚记得我一再提醒自己，见他面时一定要想着管他要点芦荟胶。

张景月可能是怕我开口要，所以就把我瞬间放倒了，你看他小气的！

他生产的芦荟胶，我家里的女生都赞不绝口。其实，我比他们更需要芦荟胶。

咱不是作家吗？每天在手机上创作，眼睛干燥得一度离不开眼药水。

有了芦荟胶，睡觉前涂在上眼皮上，自打这么做起，眼药水已经停用好几个月了。

芦荟胶大家都会喜欢，但是好使这条，可千万不能让张景月知道，这个人怕我开口要就先把我放倒了，他要知道芦荟胶管用，将来非高价让我买不可！

你说他这种人啥事干不出来啊，连个快六十岁的老爷爷他都敢灌酒！

整整睡了一个上午，到最后也没忘了中午有人请我吃法国生蚝。

步履蹒跚地走到铂蚝，嚯，架势很对，厨师现场操作，宰杀生蚝动作也蛮熟练的，感觉相当到位，拿过来一吃，天哪！

生蚝中最美味的原汁，一点点儿都没有给我留！

我不知道厨师是真不懂，还是把那汁液倒到边上的小碗里拿给他们老板喝了。

一顿没有感觉的奢华午餐。我很遗憾！

好在晚上贺年要给熊伟接风，还有一顿鲜品会跟着，心情又好了许多。我一有好吃的先就会兴奋。

下午又睡了整个半天，闹铃一响爬起来就赴会了。

很久没有见熊伟了，真的是想得很！

熊伟不单是资深闯海人，还有一个身份就更加贴切了：金牌企业家。

他不单自己会赚钱，他还帮了太多太多的闯海朋友赚了钱。

作为偶像级人物，他身边拥有太多粉丝、钢丝、拥趸。

说一句绝不是玩笑的话，就连他说话的节奏、音频，都有人在刻意模仿。

对不起，我心情一好就又要评价吃的了。

鲜品会是多么优美的名字呀！

装修上也够高端，做法基本上跟我家乡的老弟杨少波的碧盛会那里一样。

但一看做出来的东西，我就开始想杨少波了。

那是什么呀？

第一个竟然是蒸海螺，那玩意干干巴巴的哪是用来蒸的？

中国菜讲的是无味使入味，有味使出来。

海螺是十三不靠啊。

鱼呀蚝啊，汁液丰富味道鲜美的东西才应该是蒸的主打产品，到那时候，这一锅粥，说不定就可以赶上我兄弟杨少波他们那里的水平了！

老弟杨少波在辽宁开了一家全省最大的婚礼城，我经常去蹭吃蹭喝，但从来不给他一分钱。一说起不给钱的事儿吧，他就一句话：

谁让我摊上你这个穷朋友了呢！

你们看，贫穷也不是件坏事，不是说好多贫困县的政府工作报告中都提到：

坚决保住贫困县的帽子！

其实杨少波免费请我吃美味饭菜是对的，要不然，哪天我一激动在他那办场婚礼，他不损失更大了？！

好在我除了嘴馋别处都没啥需求了，这一点，便宜了杨少波。

再说说吃的吧，这次来海口，有一天的午餐我在羊山坊冼笃信老总的会所吃的，椰子水我要了五扎，每扎都三升多，被我们几个喝光了！

冼总给我们做了文昌鸡，是那种当地人特别喜欢的那种有嚼头的阉鸡，我咬不动。

冼总知道我爱吃粉肠粥，特意吩咐做了一锅，端上来我急忙转到自己面前，天哪！

找块粉肠竟然比深海礁盘上找生蚝都难。

锅面上布满黑压压的排骨。

我不好意思当面跟冼总说这事，好在冼总公司的美女一定会看到这条微信，偷偷跟冼总一提醒，说不定下次来，我都有可能吃到满盘子的白切粉肠呢！

我爸爸小时候就教给了我一句：

人无远虑，必有近忧。

下次再来海南，吃的问题基本解决了。这也算是无远虑了吧。

鲜品会没吃好，这是贺年的责任。对了，小黄，你负责帮我督办一下你们贺总，他应该是不看朋友圈的，你告诉一下贺总，下次让鲜品会改善一下做法，就说他还欠我一顿鲜品会。

你别管他认不认这事，你就跟他说，他爱认不认，我还就讹上他了！下次我再来时，你请客，让贺总作陪，你记得让贺总带上钱包就行了！没吃好，我受不了，好几天都没有吃到一道可口的菜，我觉得是在虚度人生。我宝贵的人生，不容虚度啊，快请我吃点好吃的吧！阿门！

91

小时候，二女儿封琳琳在学校的表现，简直可以用出类拔萃来形容。为此，学校还专门请她妈妈到学校，给全校的学生家长介绍教育孩子的心得，听她介绍经验的家长，有很多是讲师、工程师，据说还有大学教授。

琳琳三年级就是大队长，一直到毕业。

中学时，琳琳读的是人大附中，那时候她才懂得，天外有天。

人大附中几乎集合了所有专业的全国冠军级人才，无论是文化还是体育方面。

开学初期，闺女有点儿适应不了。平常报纸上电视里的各行各业的名人的孩子们，几乎都集中在了这所学校。同学们一个比一个出色，孩子感觉压力山大。

考高中时，闺女表现很一般，加之户口不在北京，要想读人大附中，简直难如登天。

可这孩子表示，非人大附中不读。

这是个拼爹的时代，我这个做亲爹的实在是没有这个本事了。要知道，人大附中的校长刘彭芝是国务院参事，一般部长的条子，有的，她连看都不看一眼。

好在孩子还有个能干的干爹，北京市局的某副局长，论关系，我应该叫他姐夫。

姐夫是人大子弟，又是刘彭芝的亲学生。不巧那年赶上奥运会，姐夫得沿着长安街跟企业机关签安保保证书。一来二去的，就已经开学一个多月了，孩子还在家里。

记得那天我们去刘彭芝办公室，她正在接电话，俺姐夫是蹑手蹑脚地走过去，站在刘校长身后，等着听老师的数落。

他这个老师可不管他已经是多大的官了，每次见面一定要先训他几句。当然，她学生的面子她还会给的，最终，闺女如愿以偿。

本来孩子就在跟一伙超优秀的孩子在竞争，晚了一个多月，课程落下了不少。

其间，他们学校参加了全国的一个什么大赛，闺女获得亚军，令学校老师、领导高看了她几眼。

刘彭芝也曾来风仪坊做客，夸我的女儿非常阳光，我很受用。因为我觉得这一点才是我最最希望的。

闺女参加了国内的高考，成绩还不错。可她突然跟我说，她不想在国内读了，还是想出国。

我不由得想起了她读人大附中的艰难经历，此时，牙根子虽然有点儿发痒，可谁让她是亲闺女呢，我不反对。

老爸就是供孩子们折腾的嘛。

孩子放假回来实习了，一个月有3000元的实习费用，还没有到半个月呢，她就已经计划好了要给我和她妈买这个买那个，3000元的工资，可她计划要给我们买的东西，怕早已超过她工资所能承受的了，我和她妈也只能一笑而过。

孩子天天都许诺要给我们美好的将来，什么豪车呀别墅的。我们虽然知道那种可能性不大，但我们听着还是开心的，因为她给了我们梦啊，要知道，有梦是件多么幸福的事儿呀！

插曲：

闺女出国，她妈想，闺女回来，娘俩掐。记得两年前，闺女还有几天就要回美国了，可她俩已经闹得有些不共戴天了。没办法，我只好对闺女说，这几天你就住宾馆吧。闺女答应了。等我开完房间回来，竟然看见她们娘俩正脑袋凑在一起在研究什么。等过了一会儿，我对闺女说，给你钥匙，我送你去宾馆。话刚刚说完，可倒好，这娘俩联手就对我宣战了，口口声声地说哪有你这样的爸爸！

好像在此之前，他们之间什么事儿都不曾发生过！好像我正在挑拨他们之间的关系，早晨两个人的不共戴天也不知道去哪了？早晨他们的状态可是都想将对方弄死的感觉呀！

算了，惹不起我还躲不起？

2016年放假回来，我经常给她俩打预防针：你们还没有开掐呢？两个人回答都是不会了，我们都长大了。

孩子长大了，她妈无论怎样发火，闺女都不再正面顶撞了，开始小鸟依人般哄着她妈了。

这是一个巨大的进步，甚至令我有时候感觉太不真实了！这还是她们俩吗？我不知道是世界改变了她们还是她们改变了世界。出现这种结果，我甚至都不知道该感谢谁了？也许我只能说，这是毛主席革命路线的伟大胜利。

那就感谢共产党！感谢毛主席吧！

92

看到今天来了这么多人，真的很开心！

我就讲几句话，本来不打算上台了，我对自己的身高还是蛮自信的，可往那一站才发现，我看不到你们！

生命中那段共同的经历，决定了我们无论在多少年后永远可以随时走到一起，这就是大外情结。

我感谢那所学校，更感谢今天活动的组织者，是你们给了我们一次欢聚的机会。谢谢你们！

在新春佳节即将到来之际，我预祝大家新春快乐万事如意！

昨天举行的大连外国语大学北京校友会上，我也讲了几句。

不管怎么说，如果没有大外那段经历，绝不可能有我的今天。大外学习的过程，相对完整了我的知识结构。要知道，入学前，如果说我是一无所知的话也绝不过分，那个年代就没有学过

封语江湖

任何知识!

看着与会的学弟学妹既亲切又有距离。我们这些老同志，被花儿一样的年轻人"围坐"在中间，感觉多少有点不自在。

是呀，再也无法装嫩了，再也没机会卖萌了!

听着"80后""90后"声声"学兄"叫着，可心中对自己的辈分定位还是很准的。虽年龄尚未及当年老将廉颇，但趴在马槽之上，已然全无想法。

近几天，央视早间节目中，经常出现一则好像是公益广告吧，是一伙年轻人自豪地喊着：我23我23……

我很不高兴，喊啥呀？谁没有过23咋的？!

随后掐了掐指头，大约过了几分钟后，我脖颈子往上一扬，冲着电视我就喊了一嗓子：

嘚瑟啥呀？老子35年前就23了!

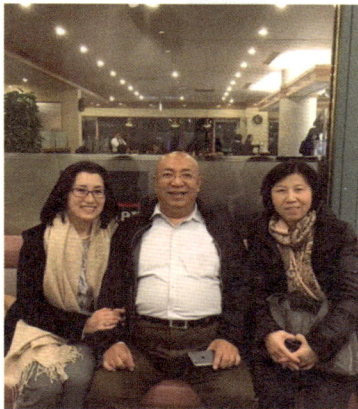

临时动念，跑了趟东京。延续老习惯，不管到哪儿，事儿办完，住两晚就往回走。

东京也不例外。

上飞机时听见空姐讲日语，觉得特别亲切。要知道，当年，咱也曾靠这门语言吃过饭的！

现如今嘛……我依然听得出她们讲的是日语！

仅此而已了。

因为临时动念，出发头一天晚上才定的机票、酒店。朋友老崔（睡在我下铺的兄弟）来接我时才发现，成田机场跟我定的品川万豪酒店相距有百里之遥！

订票时以为反正是飞东京，捡一个中国的航空公司随便买张票就行了（不让日本航空赚我的钱），可这回一下子便有了点儿

一封语江湖

南辕北辙的感觉了。

老崔执意要通知在东京的同学们，其实我也蛮想跟大伙见见面，交流交流，可怕耽误大家的时间。

反正要跟大伙见面，就在浅草住下了。

让老崔带我逛逛商场，寻思着毕竟是出国一趟嘛，带点啥回去也好有个交代。

看来他这方面是外行。

带我转了一个叫松坂屋的据说还算是蛮有名气的商场，通篇的感觉就是有点儿 Low。当然，老同学可能也是考虑到了我的消费能力吧……

住在东京浅草豪景大饭店，一进屋，就见窗前摆着一张长桌、两把椅子。拉开窗帘，隔窗正对着东京那棵 634 米高的 Skytree，往窗前走两步还可以俯瞰浅草寺及游乐园。

问我要吃什么，当然是日本料理了！

小店一家比一家干净清爽，随便迈进哪家，都会瞬间食欲大增。日本服务员的年龄都偏大，让我一下子体会到了我国领导人要延迟退休的正确性。

服务员满口"流利"的日语，发音准确、没有语法错误，不由得让我由衷地感叹：

姥姥个腿的！当年我没日没夜地学了四年，还不如人家一个老服务员呢！你看人家这"外语"说得多流畅！

哈哈，白活了……

晚上同学聚会，老崔先到了，王宏郑彦淑老沈也先后赶到了。

同学们拉我去了东京湾台场，先看一看新修的大桥和自由女神，顺带着帮我补了补身子骨。

回程路过了一下银座，那灯光真是耀眼夺目！

好在我对夜生活已经没有任何兴趣了。人已处在那种贼心虽在，可贼没了的阶段。看灯红酒绿的花花世界，不由得还是想起登机前朋友"激励"我的那句话：

抓紧时间、好好干！要为当年被侮辱的千千万万中国妇女报仇啊！

我也恨哪！但总不能在大街上随便逮个日本女人，上去就煽她几个大耳刮子吧？至于为什么不使用别的、更暴力的手段报仇嘛……

哎，心有余而力不足啊！

哎，慨叹啊：

日本女人真幸福！

94

花香，风仪坊资深坊友，一位很有成就感的女强人。她做什么事儿，总是有板有眼，章法具现。

近几年，她算是跟鸟巢金色大厅干上了，她选择在这儿举办新闻发布会，2016 年，已经是第三个年头了。

玩儿国际顶尖级的体育赛事，对"千百度"人来说，早已经是驾轻就熟的事儿了。对花香来说，无论举办多大规模的活动，通通是小菜一碟。

全球精英丛林穿越挑战赛，是贵州省紫云县委宣传部主办的活动，由千百度承办，2016 年是第三届了。

这些年来，已经不记得千百度一共组织过多少次这样的体育赛事了，每次都是红红火火、热闹非凡。

很多回，我都以嘉宾的身份出现在启动仪式上，可临到开赛前，我都是有多远尽量躲多远。

可能是年龄大了，我与体育运动算是无缘了。

宣传片拍得很棒、很震撼，紫云太美了！

那山，那水，那林间小道，那既婉约又巍峨的青山……还有苗族漂亮的小妹令人垂涎……

反正我也不去参赛，就不担心会犯影响民族团结的生活作风错误了。

说到这儿，我能想象得到那个徐锦川一定在边上一边抠着脚丫子一边翻着白眼并恶狠狠地叨咕着：

你倒是想犯错误，你不跟我一样也废了吗？

说到这儿，徐锦川突然浑身一颤，下意识地用手捂了一下屁股：

你起来了，要不我去给你做点儿早点？

从他屋里走出一个帅气男人，有些眼熟，呃，是歌星红豆。

我想象着，如果慢慢地行走在紫云那美丽的山水之间，一定是件特别特别惬意的事儿！

可干吗非得穿越挑战？我理解不了。

看着奔跑在雨水中、艰难地行进在泥泞中的人们，我替他们感到遗憾：

干吗这样与自己过不去？显得好像没有家的人似的。再说了，跑啥呀？后面又没有国民党兵追你。

我有运动恐惧症，再怎么身心健康的活动，我永远是观众，我可以为其助阵，摇旗呐喊，但是参与嘛，善哉，善哉。

不管花香怎样看，也不管大家高不高兴，我永远奉行我的健康理念：

当动则动，当止则止。

　　能少喘口气就绝不会透支那么任何一小口气！一辈子能喘多少口气那都是定数！岂容透支！

　　我得赶紧躺下了，坐着太消耗体力了！

　　阿弥陀佛！

95

赵峰，管我叫大爷，是女儿封帆北大班的同学。

他们班号称是一个富二代班，除了封帆属于混进去的以外，他的同学们还真都是名副其实的富二代。

聚会上，同学们戏称赵峰是含着金钥匙出生的孩子，家传几代的大煤矿，山西到秦皇岛的专用线，一天要走的一船煤，还有巨大的风力发电场。

这无疑是一个富二代了，同学们席间说起他就更加夸张了：

大学毕业，他作村长的爸爸给他 20 个亿创业。

我知道这是戏言。

我跟赵峰接触了几年，真正了解这个孩子，这是一个在校期间就开始创业的人，是一个吃过很多苦的人，是一个扎扎实实认认真真做事儿的人，是一个极其有想法的人，更是一个宽容大度的人，当然，也是一个福报特别大的人。

说实话，我曾经为人担保，朋友从他手里借了一千万元，当时没有按期还上。

我非常难堪，有一段时间甚至无法面对这个孩子。

可他每次来坊里，虽然也会提到这件事，但每次临走前的一句话却是：

别管他，咱爷俩可是革命感情！

一千万元不是小数，他非但没有埋怨你，更多的却是给你宽慰。

我当然相信那个借钱的人也不会是骗子，直到他还完本金开始还利息了，我这颗悬着的心才放了下来。我看赵峰的眼神才开始变得沉稳了一些。

前一段我见识了他的工作态度和工作能力，在准备做展馆时，他对每一个细节都会反复推敲，发现漏洞怎么去弥补，遇见问题如何去解决，小屁孩做事有板有眼令人咋舌。

这样的人做企业岂有不赢之理？

他活得洒脱，做事有条有理，但不招摇不嘚瑟，这一点跟今天的富二代有着天壤之别。

他做事踏踏实实的，我有很多事儿，托他办是最放心的，他从未误过事儿，一次都没有过。以至于我一有事儿首先想到的就是他，也许这让他很烦，但我可不管那些。

当然，他不是完人，也可能会经常犯一些正常男人可能会犯的错误，这一点是我猜的，因为他喜欢看漂亮女孩不说，且那时候的眼光都是贼拉贼拉亮的，夹杂有淡绿色成分。

我发现我有点倚老卖老了，有点儿欺负人了。我估计再过一段时间，赵峰或许也该烦了：

这老爷子也太爱管闲事了。

是的，有很多都是朋友的闲事，但我不就是因为我还能为朋友服务才有价值吗？如果谁都不需要我了，不愿意、不想麻烦我了，你觉得我活着的意义还有多大？

活在朋友中间是快乐的事儿，能够为朋友服务是幸福的事儿，这个理儿，我知道赵峰也懂，所以，赵峰，我还要继续给你添麻烦，你要继续承受这些啊。

谁让我是你大爷呢。

闺女起晚了，只好打车去公园。

一上出租车就知道惨了，遇上个贼拉贫嘴的司机。从雾霾说到放鞭炮，从滴滴打车说到平日里如何艰难"扫街"。

看我没搭茬，就直接对我下手了：老爷子，您这是去走亲戚呀还是串门呀？

去公园。

这大冷的天去公园？

我知道这次终于该轮到我贫一会儿了：啊，去看跳舞。

看跳舞？就是那种老人乐舞？

对，其实也不纯粹是看跳舞，跳舞的人里有一个我小学的同学，女的。

司机惊讶地看着我，眼睛瞪得老大：不会吧？你老不会是看上她了吧？

那有啥不会的，我小学六年级时就喜欢上她了。

那你早干啥去了？咋不早追呀？

她嫌我个矮，她喜欢我们班长。

司机从头到脚看了看我：那有啥呀？看你也不像缺钱的人，穷追猛打呀！

我打不过我们班长，他还是我们班的体育课代表呢。

他终于消停了有那么一分钟，突然又开口了：那你今天怎么又想起来去看她跳舞了？

她老伴前些天没了。

啊？你……

我知道这小子下句话可能想说趁人之危，我直接打断了他：

当年我打不过我们班长，可今天……正所谓君子报仇，五十年不晚。

这个贫嘴小子像看个怪物一样不时转过头来看我，嘴里还自言自语：

长见识了！跟看电视似的，我没想到世界上还真有你这样的人。

我是什么样的人？好人？坏人？痴情人？还是……

这小子不说话了。

当他把零钱找给我时，我问了一句：怎样，下车看看我的靓妹如何？

这小子竟然啥话都没说，一脚油门，扬长而去，撇下孤单单没有女同学陪伴的我。

97

　　杨洪基老师有好茶，这我早就知道。

　　那一年杨老师给我拿来了一小布口袋茶，是布达拉宫用百年的边茶做成一小袋一小袋的黑茶。

　　论味道嘛，不是黑茶的强项，但里面的金花——冠突散囊菌，你们自然知道百年边茶中金花的保有量的。

　　我的武侠小说《英雄劫》的序，是杨洪基老师用其书法作品为我做的推介，书出了一年多了，杨老师还没有看过。这可不怪我，联系了好几次杨老师，他都在外面演出，电视上也常常能看见他，证明他仍在忙碌中。

　　我约杨老师来喝茶，他不在，他约了我几次，不巧我也在途中。

　　昨天，我们终于约到了一起，我带赵政文刘志则一起敲开了杨老师的家门。

一进屋，目光直接就落在了他们正喝的茶上，汤色似红茶，往嘴里一送就明白了，福鼎老白茶无疑！不有句老话嘛，福鼎白茶讲的是"一年是茶，三年是药，七年是宝"。我赚着了，这是十年的老白！

谁知道还没来得及过瘾，杨老师说再换点好茶。理由是看我懂茶，就让我饱饱口福。

换上来的是宜红，我撇了撇嘴，被杨老师看到了：

封仪平时喜欢喝什么茶？

我就喜欢喝黑茶。

好茶太多了，都应该尝一尝。

意思自然是人生百味嘛。

端起杯子闻了闻，一股浓郁的芳香扑鼻而来，这种香气一直持续到二十泡以后，我知道这绝不是添加了香料，这是茶叶与生俱来的香气！口感也是好极了，不是回甘而是满嘴的余香。好茶！

我要求换个大杯，被杨老师拒绝了：

你一个人一次喝那么一大杯，别人喝啥呀？！

哈哈，除了我们仨，在座的还有好友叶晟和横店影视的一位女老总。

杨老师又换了第三种茶，宋种单枞，这泡茶如果从价格上来说，一泡至少在一万元以上，这是那棵宋代老树上的茶，这棵树一年产四斤毛茶，一斤毛茶的现场成交价是 100 万元。

我相信杨老师的茶是真品。杨老师德高望重，又是德艺双馨的艺术家，朋友遍地非常正常。

杨老师家的好茶实在太多了，最后换上的茶是冰鲜大红袍。

据说冰鲜茶的制作方法独特，密不传人。也有人说他只是省

一封语江湖

略了干燥一个环节，使茶叶的含水量保持在 60% 左右。这样自然保留了茶叶的清香之气。

闻了一下，确实是香气浓郁，举杯唇边时，突然就觉得茶香四溢开来，令人非常非常舒坦。

杯子太小，我一杯接一杯地喝着，加之为我们沏茶倒水的又是一位将军，喝起来自然是更觉惬意。

晚餐是在总政酒店将军厅吃的，杨老师请的我们。杨老师还拿来了朋友送他的大闸蟹，叶晟拿来了他在家乡"强抢强买"来的二十年的女儿红，那酒真的是浓郁醇厚，在这样的美酒面前，我早就忘了我曾经挂在嘴边的一句话：我滴酒不沾。

更美的是叶夫人还送来了定制的醉蟹足，比我们家乡的醉蟹简直是好上百倍。

这一天真的是太完美了，好茶好酒好蟹，当然，还有杨老师这样的好人。我记住了杨老师说的一句话，不要给自己定下来什么好喝什么不好喝，偌大个世界，什么都应该尝一尝。对你的口味才是硬道理。

我以前只喝茅台，以至于朋友请我吃饭时问我喝什么酒，我只能说我滴酒不沾。我知道我错了，将来呀，我准备什么都试试，不好喝就不喝，可不喝，又怎么会知道好不好喝呢？

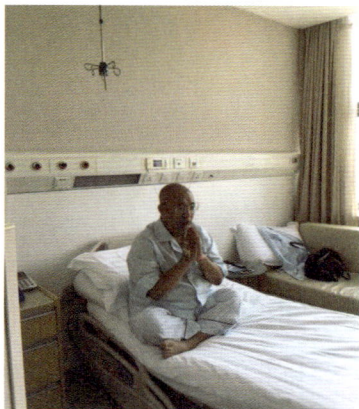

一晃儿在协和住了一周，今天终于可以出院了，本是个难以启齿的小毛病，要不是"坏小子"张宏光知道了……

我绝不能让他抓住我的小辫子老来威胁我，我先发个微信，我不给他机会来要挟我！

我急死他！

本来小时候就该做的手术，无奈赶上"文革"，激进的老爸竟然带着 12 岁的哥哥和 13 岁的姐姐组成反修长征队徒步走到北京，并"荣幸"地受到了周总理的接见。

好不容易回来了吧，又开始了武斗，妈妈先被革委会通缉，爸妈没办法只好畏罪潜逃了。

还哪有时间管我的这个小手术？

虽然没做手术，但跟小朋友们比尿得远，三鼓捣两鼓捣的也

一封语江湖

没落后过。

那天红波给我来了个电话，意思是说坊里装修期间不妨到他的公司办公云云。我说你明天来接我去协和看看病。

什么病？

小毛病，但挺丢人的。

话音刚落，就听电话那头传来一声明白和阵阵粲笑。我大声喝斥：

想啥呢？不是你想那毛病！

一想要住一周呢，让红波往 iMac（苹果电脑）里下载了大量影片。

协和国际部新楼相当漂亮，一进病房红波就在客厅架上了 iMac，还没等检查身体，片子先就看完了两部。

医生来了，反复强调是个门诊的小手术，做完就可以回家。我因为痛感特低，在我的强烈要求下终于同意手术时做全身麻醉并破例同意带上止痛泵，还恩准我住院一周。

手术室的活动床来接我了，女护工让我先上趟厕所，当时我是万分紧张，我从床上坐起来指着拖鞋对孩她妈高声说：

快把厕所递我。

脱光衣服被裹在了手术床的被子里被人推走了。一路上吓得我是浮想联翩，一时间我竟开始后悔要做这个手术了。

五十几岁的人了，怕是做这个手术最年长的一人哪，没准申请一下还可以进吉尼斯纪录呢——要是不怕丢人的话。

女护工突然开口了：

杨坤就住你斜对面的病房，跟你一样的套房，你看你多幸运。

我尽量抬头想瞪她一眼，看不着她：

你告诉杨坤，说封仪也住在这儿！

封仪是谁？

这个蠢货！工作也太不认真了，床头明明挂着我的名字？！

我没好气地说：

你们肯定不知道，估计大明星们吗……

我顿了顿：

可能也不知道。

车停在了手术室门前，不知道为什么，这时候脑子里突然冒出"马革裹尸还"几个字。

这个郁闷哪！

想想来那天，孩她妈说空调开得太冷，专门从坊里拿来闺女上人大附中时穿的校服，边往身上穿还边说：

冷啊，我得把校服穿上。

我这个气呀！

这娘们一点传统文化都不懂！"孝服"！

下意识地用手摸了一下要做手术的部位：天哪！出大事了！

我赶紧对推我来的女护工说：

快找一下纪主任！

他在手术室呢。

那随便找个大夫吧。

吴医生过来了：

怎么了？

我听到我的声音里似乎带着哭腔：

怕是做不了了……

怎么了？

它好像变得太小了。

什么呀?

要手术那儿。

吴大夫掀开被看了眼:没事,做手术够用。

我听到了他的画外音:干别的怕是不成了。

我被推进了手术室,无影灯一下亮了起来了。

纪主任说:别怕,先给你打一针镇静的,一点都不疼。

一个医生在找血管,另一个医生拿一物件往我鼻子上一扣说先给你吸点儿氧。我知道这个可能是麻醉用的,下意识地开始大口吸起来。就听纪主任在说,先给 20 吧。我感觉有人在摸我下体,赶紧大声说:我还清醒呢。

就听有人说了句抗药性还挺强,再睁开眼睛就听纪主任说做完了。

啊?真的没疼啊!

回到病房不久宏光和马超来了。宏光手里拿着手机到处拍照,我知道这个坏小子的想法!这时候,他笑嘻嘻地说话了:封哥,让我拍一张呗!

边说边要把手机往我被窝里伸。

我说:别闹,这照片一旦传上去那可是传播淫秽罪。再说了你传也传点雄赳赳气昂昂的家伙呀,就这小干吧海参,还是泡过那种你照啥呀?

住院这几天没影响玩,赵政文来了两次,分别是12:6和6:2。看着他悻悻而归,我这叫一个开心。

老袁基本上天天是 5:0 的成绩,他自嘲是让着我,看来以后他只配陪徐锦川玩玩了。

锦川不知道我在医院，接我电话说要是没别的事光玩棋的话我就不去了，明天我得写东西。

一听这个浪子要回头干正事，我连声说，没别的事，没别的事，就把电话给挂了。

偶尔也和马超玩两盘棋，至于战绩嘛，因为他也能看见微信，就不公布战果了，怕伤了他。医院里的伙食实在不敢恭维，天天在家里炖好汤送来。吃的是万万马虎不得，一辈子总共才能吃多少顿啊？一顿都不能马虎，活到老享受到老。

至于医生说我的血糖太高，那也不能耽误我吃水果。一天没水果，毋宁死。

日子过得真快，象棋、斗地主、骂烂电视剧、看大片、喝炖品，一晃就该出院了。要不是这国际部的套房太贵，1800元一晚上，我真想再住一段时间。

在这儿真是享受，我是病人，别惹我！

孩她妈别说不敢大声说话了，就是走路都得踮起脚来，生怕吵醒我。

享受的时光过去了，该出院了。

孩她妈边收拾边唠叨，嫌我带了太多的东西来。我心里一下子就想到了马超，对，明天就叫这个风仪坊第一爷们儿来接我，他有劲。

其实我根本就算不上是病人，用一句文一点儿的话说吧，这个手术哇叫环切，用老百姓的话说吧，它就是割个包皮。

99

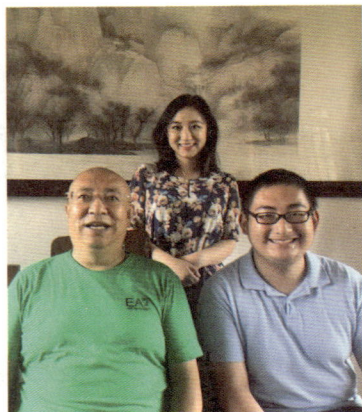

那还是六年前的事儿哪。

办理去马耳他签证时，闺女就想到要给坐惯了头等舱的爸爸买张头等舱的票，在征求了妈妈意见后，"差别票"就出炉了。

谁会想到，就是因为两张不同待遇的票，在迪拜，竟让我差点急疯！

平常坐飞机，都是头等舱客人先登机，先下机。反正我要先下飞机，所以就没跟小虎他妈约定在哪里聚合。

登机时才发现是空客380，头等舱在2层。一想，反正我怎么都会比坐在56排的小虎他妈早下飞机，倒也没想什么。

在出口，我看到人们一排排往外走，便悠闲地等坐在后面的小虎他妈出来。

人愈来愈少，竟然再不见有人出来！

我急忙往里走想看个究竟，被一老外截住了，我竟飞快地迸出一句英语：My wife is lost!

老外用手挡住了我的脚步，反身折回飞机，一会便出来两手一摊。

没人！

我突然发现旁边不远有个厕所，我赶紧跑过去在门口高呼小虎他妈的名字，没回应。

见到一外籍女性，她似乎听明白了我的英语，拐进厕所出来做了个没有的手势。我赶紧打开手机，拨打小虎他妈的电话。

对不起，对方没有开机。

连续拨了十几遍全是一个样。

慌乱中，我拨通了在国内的女儿的手机。

出大事了，你妈丢了！你快拨你妈手机！

我转身就往有人的地方跑，在他们的指引下，我上到二楼，看一排人好像正在接受安检。心想还好，她没拿护照和转机的登机卡。

正巧又有一女士路过，我便再次请求女士帮忙，进旁边的卫生间再看看。

仍然是没人。

此时我已经是不知所措大汗淋漓……

四十多分钟过去了，突然手机响了，未显示号码。

一接通便听到了他妈的声音！

原来普通舱的客人是从后边先下，她走在较前的位置，理所当然地以为头等舱的我应该在前面呢，便很自然地随着人流往前走。

二楼那个安检口因为是转机，所以既不要护照也不要登机卡，她很自然地通过安检，并已代表中国百货行业对迪拜的免税商城完成了初步盘点！

我操着流利的国骂问她为什么不开机？她无辜地看着我说，早就开机了，就是没办理国际漫游！

靠！

此时我真的有点后悔买了头等舱票！三万七千元！比普通舱一万零五百元贵了那么多还要满大街找人！

要不是她遇见了一个中国人，并借了手机给我打电话，真不知道会是什么样的结局。感谢一路遇见的好心人。我们急忙找个酒吧坐下点了饮料放松一下，一会还要上飞机去马耳他，还要找去马耳他的登机口。

谁会想到，更大的麻烦在等着我们。

该登机了，拿出护照和登机卡给工作人员，见他很细致地检查证件，我漫不经心地看着周边的人。突然他开口说话了，大意是我的签证是 25 号生效，可今天是 24 号。

不能登机！

32 年前的英语记忆中再也找不到任何词汇能与他交流沟通！

直到出现一中国人给我们当起了翻译。我明白，今天别想登机了！

翻译登机了，我开始了漫长的等待。突然想起已托运的行李，我迅速给闺女发了条短信：告诉我"行李"的英语。

我举起手机，女儿发给我的单词，老外读出了声，我也迅速在前面加上"My"，跟读一遍，发音肯定没错！

老外说了一大堆，我基本理解了，一会他带我们去改签，行李明天直接托运马耳他，不用现在取。

一小时后老外带我们走到一楼梯处，往前一指，我明白了，要到问询处办票。

老外走了，接下来我们便开始了漫长的咨询路程，从问询 A 到 B 到 H 到 Q 到 J，迪拜机场是世界上最大的机场，我理解了。

大约在走了一个半小时后，我们终于找到了阿联酋航空的签票办公室。当工作人员办票时，我迅速掏出 20 欧元拿在手里，准备感谢人家。

办好票的黑人把票递给我，说了句"对不起不能让你飞"云云。

我一下子便打消了给小费的念头，接过票我们按他指引的方向往外走，小虎他妈问你咋没给他小费？

我说，他都骚蕊了，还给啥给呀！

接下来又盖了一路的章。看小虎他妈疲惫不堪的样子，我赶紧带她往楼上宾馆走。

恰在此时，一个中国籍的阿联酋航空的空姐出现了。得知我们想住机场宾馆时，她赶紧阻止了我们。告诉我们，我们手里拿的是航空公司表示歉意的招待卡，所有全部免费！并可以进入迪拜市区玩玩！

天哪！我简直不敢相信！此时，我只能说一句话：

腐朽的资本主义真好！

半小时后，我们坐在了航空公司为我们提供的宾馆餐厅里，惬意地喝着红茶，品着牛排汉堡。欲知后事如何……

晚饭后，我们走出宾馆，恰遇一黑人靠在一辆面包车上，我上去搭话，得知是来自巴基斯坦的司机。我随手指了一下他的车，操着一口日式英语问：

弯喀，吐破森，随意呕阿丝，迪拜啊元的，好吗吃？

回答是 70 欧元。

我对小虎他妈大声说：上车！

他妈问多少钱？我大大咧咧地说，谈好了 70 欧元。

是 70 还是 700 呀你问好没有啊？

走吧！

上车后我跟司机是一路英语对话，热烈交流着。小虎他妈用崇拜的眼神看着我，也想加入我们。

你问问他，他们这的老百姓住什么房子？

靠！我和司机是各说各的，都很兴奋，但都不明白对方在说什么。听小虎他妈一问，我随口就用日语问了这个问题，司机当然是回答了，至于说啥我当然也不明白。

不过我随口就说他们都住在郊外的公寓里。

这话肯定没错！

你想啊，在市内搭违章建筑，人家得让啊？！你老百姓想住别墅，哪有那个钱？接下来小虎他妈又不时问我一个一个的英语单词。看那架势，回国后，她要不去考四级都白瞎了她这个人了！

回酒店首先是打开电视，看我不在家这几天有啥新闻。

外语频道里是没看到有关我出行马耳他的报道。

这一点不像他姜老爷，联合国有名气，到哪儿都是潘基文出来接待。

我这一看电视，靠！所有频道几乎全是基地组织打扮的人在那儿嚷嚷！好不容易找到了中央四套，就见雪纯和李铁刚正在那做菜：

香菇贡丸汤。

闲着也是闲着，学会了。不信哪天到坊里，我亲自做给你吃。

第二天早晨早早起床，直奔迪拜机场，过安检被要求解裤带脱鞋！

把鞋放在安检框里时我恨恨地想：

这是欺负我老啊，要是倒退几年，我只要把鞋往那筐里一放，方圆五米内所有动物生物，我保管让你瞬间背过气去！

如今不行了，连脚都不臭了。

飞机上空姐一举餐单，我就立马流利地说出我会的几个菜名：西付豆，七肯，怒逗死……

只要空姐一说话，我立马就"Ok"。你说，这饭菜还能合我的口味吗？

该死的英语！

不过，没办法，还得让孩子们去学。

一会儿，空姐端来一盘水果，好家伙，上面放着一串红红的小果实，我们老家管它叫药鸡豆，有毒！

我把熟悉的水果全吃了，看着药鸡豆我就琢磨一个问题：

吃还是不吃？

一咬牙一闭眼，往嘴里一放，酸甜酸甜的。

美！

再睁开眼时发现自己还活着，没毒！

突然就有点郁闷，活了大半辈子了，还没活到值得人谋杀的份上，窝囊！

到了马耳他已经是下午了，本以为圣诞节这不定得多热闹呢，靠！所有商店关门，全回家过节去了！

　　圣诞节就相当于我们的年三十。大街上冷冷清清，根本无法跟国内的圣诞节比。此时不知为什么我忽然想起了徐锦川，现在他在干啥？一定是在跟一班哥们在喝大酒！说不定正在跟赵木匠下棋。

　　也有可能正在尽情挥霍他那颗已经没有了囊肿的肾。

　　一下子羡慕嫉妒恨油然而生，一下子就思念起祖国来了。祖国呀妈咪，这儿也太不好玩了。

　　来到国外，不敢关机过夜，怕朋友有啥急事找不到我。可倒好，半夜三更突然听到有短信进来，借光一看，发信人仇红波：

　　老大，可以越狱了。

　　我这脑袋"嗡"的一下：

　　我啥时进来的？啥事进来的？

　　抬头一看，这是啥地方？如此陌生！

　　前后左右就这么一看，突然间发现身边还躺着个老太太，一颗悬着的心这才落了地。

　　没在狱中！

　　再好的监狱也没有这个服务哇！别说还没到五十岁的老太太，就是放个八十岁的老太太那对老犯们来讲也是莫大恩赐呀！

　　这个仇红波，不过就是苹果手机的"越狱"，你半夜三更跟我扯啥呀？！

　　看我回去不活吞了你！

　　慢着，还是慢慢地烤着吃香，再把坊友都请来，兴许人多了还不够吃呢！

　　想到这，憋不住笑出了声。

　　小虎他妈睁开惺忪睡眼道：

　　到北京了？

附　朋友眼中的封仪先生

唤醒我心中的那份海南情结

看了封仪先生微信版的闯海记，激起了我对自己的海南岛历程的回忆。

那是一段永远不能忘怀的激情燃烧的青春岁月。感谢封仪先生，以他平和的语调，表述了我们每个闯海南人都曾有的理想和奋斗的篇章。

我是不久前才正式认识封仪先生的（以前只是听说过），所以我不曾进入他的故事。我是从湖北省委机关调到海南建省筹备组，进而成为海南省政府的第一批公务员。尽管是公务员，没有太大的成就，但那些日子都是我一生最为兴奋、最倾情投入、最意气风发的日子。每天骑自行车上班（被抢过几次公文包）。爬楼梯时，都觉得像上了发条般有劲儿。天生我才有用、报效国家有门的感觉经常泛起。

或许我和封仪先生从开始就走了不同的闯海路创业路，但他的回忆却能引起我偌大的共鸣。我们闯海人，都是心灵相通的一见如故的战友。

20 世纪 80 年代，在中国大地上涌起那种冲破体制约束，向往自由和个人奋斗追求理想的浪潮中，海南大特区的建立，以及十万人才下海南的场面最为轰轰烈烈。那十万人，大多是基层知识分子，他们的很多人，在后来都离开了海南岛，但却像火种一样，成为多地创业大军的主力，在中国市场经济的浪潮中，注释各自精彩的人生。如果说海南是中国市场经济的启蒙学校，或是名牌大学，都没错。

感谢封仪先生。他的笔下，他曾有江湖大哥的传奇，我却从中体会到一代儒生的漂泊与沧桑、质朴与尊严。他笔下的那些闯海人，好多我也熟识，好多人已久不联系。读了封仪先生的书，也唤起了我心中的那份海南情结。希望有一天，老友相邀，一壶茶，一壶酒，忆海南事，缅创业情。或许有一天，我也能静下心来，写下自己的那些经历，分享那些人生最激动的旅程。

毛振华

有奇书必有奇人

大约十年前吧，主持人赵普跟他说：我给你带个人来，他可能是你弟。

然后赵普对我说：我带你去见一个人，他可能是你哥。

最初我们都有点蒙，赵普说的太没头没脑没调了。

我们俩都问过赵普同一个问题：为什么？赵普给他的回答是：把他泡水里三天，捞出来他就成了你。

赵普给我的回答是：把你泡水里三天，捞出来，你就成了他。

我俩一见面，彼此哈哈大笑：果然是把我泡水里三天，我就成了他。

他整整比我大一号，都是圆头、圆眼睛、圆肚子，我看他就像透过放大镜看自己。

他就是本书作者，封仪，我哥，赵普给我找来的哥。

眼缘这个东西很神奇，第一眼有缘了，以后怎么着看都顺眼、干什么都舍得。

封哥指着院子里几块大石头，对我说：玉的，值老鼻子钱了，喜欢就搬走吧。我当然喜欢，但是没搬走，太大太沉搬不动。

于是他就改为指着一些小东西对我说，于是他的茶、他的酒、他的小哈苏相机，陆陆续续都成了我的，连《海南往事1987》那本书上"总导演"的名字都成了我的，连在钓鱼台举行的盛大的小电影项目发布会的主题演讲都成了我的。

他是一个慷慨的人，乐于分享，乐于助人，风仪坊里的来自各地的土特产、私厨或者大厨烹制的美食、那个能坐30人的大桌子、那些图书、那些朋友、那些智慧、那些人脉，都毫无保留地给大家分享了。

我曾经以为，封哥就这样坐在风仪坊里以喝茶、清谈、下棋的方式一直"休闲"下去了，除了和作家徐锦川计较棋盘上的输赢之外，啥也不缺啥也不计较了，任凭曾经轰轰烈烈的成败荣辱在窗外纷纷飘零。但没想到，"作家梦"慢慢地在他心中苏醒了。

他开始写海南，开始写武侠，开始写剧本，两年内出了第一本、第二本、第三本……

虽然他并不知道，他的每天为发"朋友圈"而写的写作方式，开创的是移动端时代的碎片化写作模式；他的以段子化的文体编排自己亲历过的人和事的写作观，已折射出用野史反映大时代的次文化现象的悄然发生。

真是乱拳打死老师傅哇。

谁的生活都不会停止，成过大事的人不知不觉还会干成大事。

我想把这段有点过誉的话写在这儿：封仪的生活态度和模式，对于成功人士来说，是一个值得解析和复制的范本；封仪的写作实践和成就，在某个时间点上，可能会比他的这几部作品本身更有价值。

这样说，并不是因为我管他叫哥。

于守山

封语江湖，往事并不如烟

回望 20 世纪 80 年代，闯海是个绕不开的话题；说起闯海人，封仪是个绕不开的人物。他当年混迹黑白两道的传奇经历，过去只是小范围茶余饭后的谈资，今天，通过这本小书呈现在更多看官面前。

封仪是一个重情重义的人，足迹三万里，知交遍天下，唯独对海南的感情最深。他离开海南这些年，闯海情结像一坛老酒，愈久愈浓。他的回忆文字，我在微信上陆续读过一些，当年熟悉的场景，当年叱咤风云的人物，甚至当年的阳光和气味，通过他的描述，一下子又回到眼前，让同是闯海人的我觉得既亲切又感慨万千。

《封语江湖》不是正史，也不是鸡汤，看过这些文字，知道人生可以过得这样的洒脱，这样激情飞扬，这样起伏跌宕……就够了。

刘文军

封仪先生的江湖逍遥游

《庄子·大宗师》中，"泉涸，鱼相与处于陆，相呴以湿，相濡以沫，不如相忘于江湖。"也许，封仪先生在现代都市里生活得潇洒有度，朋友无数，可以"相呴以湿，相濡以沫"，但内心依然忘却不了曾经的"自在江湖"，于是就有了这部《封语江湖》。

说实话，我没有任何资格评价封仪先生，对其个人往事我也未打听过，我认识的封仪绝对是一位长者老大哥的形象，个头不高，光头锃亮，大腹便便，讲事情时眼睛瞪得溜圆，喜欢哈哈大笑。无论封仪出现在哪里，哪里便是一团久处不厌的人气，一看便知封仪是一位很精明的人，是一个有故事的人。

继阅读其《英雄劫》《海南往事1987》大作之后，我再次看到了封仪先生近十万字的佳作《封语江湖》。这是封仪的江湖往事。封仪的江湖往事有20世纪80年代闯海人的风风雨雨，有资本原始积累初期的杀伐争斗，有朋友间义气的拔刀相助，有怀念母亲"溜肥肠"的乡烟味道，有大学生活的铭心记忆，无论讲什么都是封仪往昔的艰难岁月和快意恩仇的人生经历，故事里印证了刘欢唱的那句话：论成败，人生豪迈……

一个人有着值得回忆的往昔，那就是有故事的人。一本书，讲述了他沾沾自喜、值得回忆的故事。这故事便是一种情怀，一种经历，一种关乎人生、值得吹牛皮的笑傲资本。

一本书，不厌其烦地大段大段唠叨，时空、事件错落有序；正叙，插叙详略得当；事件、桥段张弛有度，人物、地点清晰可查，林林总总，活生生地呈现了一个特定历史时期的一幅社会缩影图景，亦是一个人在一段大历史背景下海南往事和人生阶段夫子自道的口述史。《封语江湖》可谓是说得干净利索，讲得头头是道，吹得真真实实，情到处豪气万丈，缅怀时泪透前襟，追忆中哲思闪现，描述里感慨万千，按时下最佳词汇描述，真是一个牛掰了得！

《封语江湖》里面的封仪，曾在天朝版图中的海南之海，如鱼得水，活脱脱一个"浪里白条"，你都能从他的身上看到《隋唐演义》中程咬金的愣气，《水浒传》里宋公明的义气，《封神榜》里姜子牙的仙气，《鹿鼎记》里韦小宝的运气，《大明英烈》里刘伯温的才气，《一代枭雄》里何辅堂的匪气，《林海雪原》里杨子荣的豪气，《天龙八部》段正淳的儒气，《射雕英雄传》里黄药师的邪气和郭靖的傻气。现实中的封仪也许亦如是。

写到这里，突然想到《庄子·逍遥游》中有"御六气之辩，以游无穷者"之句，虽用于封仪有点过，但封仪已揽十气于一身，曾在江湖逍遥游，今日忆之，往昔壮哉！

林 喦

2016 年 9 月 26 日凌晨草成，于锦州

除了江湖还有海

当年，那些义无反顾奔向大特区的"闯海人"，哪个没有一肚子故事？封仪说，那些女人，大多是因为婚姻或爱情；那些男人，主要是因为财富与梦想……

我想了想，这概括还真八九不离十。

上岛了，建省了，新的故事开始演绎，新的江湖也渐次显形。

我作为刚创刊的市委机关报的要闻部主任，每天在海口八方游走：省市各类会议、新公司开业庆典、抓盲流集中行动、老乡或校友或同行的各种啸聚……小本上记满了哪里能买进口车、哪里能搞钢材、哪里有可转让地块、哪个公司有可能上市等等不靠谱商机。每天，要接触良莠不齐的内地人和海南土著中的活跃人士，要接收数不清的商业信息和市场思维，要耳闻目睹五花八门的奇人轶事……

近三十年过去，岛上记忆中却偏偏没有和封仪打过交道的清晰画面，只是在一个泛黄的小本上留存着封仪的名字和他当时的电话号码。

他的大名当然是知道的，我在主持修建那个游乐城时期，司机经常要拉着我从琼民源大院前经过，那两扇红漆铜钉的大门后面，封仪或许正在兴风作浪……

大量获取他的"斑斑劣迹"却是我们都在帝都赋闲之后了，前些日子，我几乎每天都盼着他更新朋友圈，他的故事既熟悉又刺激且意犹未尽。

他是个人物，这倒不是因为他新任了闯海协会会长，而是他的新旧故事都精彩纷呈：江湖沉浮、海上扑腾，帝都柳林中的茅庐宴客……他的故事见证了时代潮汐，印证了男儿热血，旁证了江湖风月。看了，那才真叫一个过瘾。

周伟思

他就是传奇

　　语言与文字这玩意儿，愈老愈辣，封叔的文字就这样。写书并不稀奇，被追着出书的不多见，好多朋友看了封叔的朋友圈儿，拼命地建议他出书，我也算幕后"黑手"之一吧。

　　于我而言，封先生是前辈是大人，我叫叔叔，封叔。这位封叔玩儿得好，日语专业正儿八经的本科生，从江西山沟里铜矿坑底爬出来，就奔了海南岛，那时我还戴着红领巾。

　　他是钱没挣到，经手不少；人没咋样，朋友不少，最关键一句，其中女朋友更是不少，至少我叫过不同的女人"婶婶好"。

　　弘一法师说"放下"，他做到了。京城偏安一隅，当代孟尝，历经十载，食客万余（多数比较馋），每天最多的业务，就是在朋友们之间"拉皮条"。

　　越来越多的人把他当成一个传奇，其实他就是一个普通的小（身高，不是别的）胖（敬语）老头儿，侠肝义胆，菩萨心肠。

　　出书归出书，自己别当真，回头再申请加入作协，可就又玩大了。

邵　楠

老　药

　　受封哥之托，为其新书写几句话，真是受宠若惊。多次问自己，何德何能，得此殊荣，实难担当，可心里又是痒痒的。一个说真话、办实事、遵循自然大道的人，还用说吗？《封语江湖》这本书，是一本很容易阅读但很难读懂的书。初读时，觉得封哥就是一坛老酒，视之淡雅，嗅之香醇，入口浓烈，回味而甘，令人难忘，历久弥香。当你再细细品读时，觉得封哥更像是一副"老药"，能医治百病的老药，无论是经商做买卖，还是为人处世，甚至是教育子女，都能对你有启发、有帮助。说他是英雄，他更柔情；说他是豪杰，他更善良；说他是大家风范，但我觉得"大家"之上还有词汇……

　　有高度不谈战略，有深度不谈长短，是事扎实无大小，心细如麻烹小鲜！

战　胜

他的灵魂是真的

封仪有生活，这我相信，封仪有文采，以前我不信，封仪有思想，现在连在一起都信了。娘希匹，又出来一个有文采，有思想，又有生活的家伙！

写的真是不错！生活是真的，感受是真的，语言是真的，更关键的是，他的灵魂是真的。

现代人不要说有真灵魂，他们连什么是灵魂都没听说过，遑论真假？

刘守序

一封语江湖

大哥不是你想当就能当

人群中能一眼发现他，因为很有弥勒佛的气质，这和我二十几年前见过的封义不一样。

漂亮的人长相是相似的，难看的人各有各的难看。从年轻时的照片看，封哥属于各有千秋的那一类，南北二屯放眼一望，绝对是天赋异相的独一个，这让我想起马云。

又见大哥，是他倡议天下游子在家乡的南山坡地上，植一片家乡林。看他在北京和锦州、官员和商人之间，周旋如仪，指挥若定，一派王者景象、大哥气场，不见了年少时卑微下的张狂，人也好看起来。不由得不惊叹，厉害了我的哥。相貌丝毫不能阻挡封哥成为大哥一级的人物，但我无论如何想不明白，他是怎么通过后天修炼成器宇轩昂那一款的？毕竟，马云和周润发之间，是隔着几个陈冠希的。

大哥年轻时是不安分的，锦州流传的是他在海南的春天的故事。他跺着的双脚，连着海南的股票。海南的股票，又鼓动着锦州无数的屁股，颠颠儿地扭向海南。我没统计过锦州到底有多少人是投奔封哥去海南"闯海"的，又有几人不靠封哥而能在那儿吆五喝六的。凭着胆识和担当，情商和智商，封哥当了闯海人的"头儿"，存了钱，更存了友情。多年以后，海南也成了他心中的梗，时不时伸出来，搅一搅他的内心。馋了，打个飞的，钻进海南的小店，吃一碗肥肠；想了，就组织个聚会，今儿联欢，明儿联谊。人不是在海南，就是在和海南人唠嗑。有一阵子，我早上都要早起那么几分钟，就是为了早点看上大哥在微信上写的海南段子，补一补我不曾经历的海南往事。

不知从何时起，大哥在海南抽了身，在帝都一隅，谋得了一处港湾，名曰"风仪坊"，在那里，他开始大把大把地挥霍友情。大哥最不缺的是朋友，他有把初次见面的人变成朋友的天赋，有把朋友变成朋友的朋友的本事，他下半生的职业就是交朋友。"风仪坊"活生生成了朋友中介所，大哥笑眯眯地坐在众人中间，朗声地赞美着朋友，偶尔偷瞟一眼身旁的美女。最难得的，看风风清、看云云淡的大哥，对世界依旧保持着孩童般的好奇，眼睛里依然闪烁着少年的光芒。一众朋友，围着他看他眉飞色舞，白白地好吃好喝不算，临走还要蹭个滴滴打车或者是拎上一瓶好酒。

封哥的日子是让人羡慕的，这是他的福报，这是他早年存下的。别人羡慕而不得，是你没有积攒。你也想成大哥，你得有大哥的担当才行；你也想消费友情，你得先存下友谊才行。

论年岁，如果封大哥停下来等我，再过五年，我就和他同岁了。论相貌，我和大哥之间还隔着几个马云，但我不着急，总有那么一天，我也会变得大哥一样慈眉善目，端的可爱。因为我读懂了一句佛偈：放下屠刀，立地成佛！我从大哥身上看到了希望。

封语江湖

王　慧

读不懂的封仪

认识封仪先生，是七八年前在一次朋友的聚会上。我因故迟到，抵达时已经酒过三巡了。主人把我引到一张主桌前，一一介绍。介绍到他时，主人说："这是封老板，以前在海南，现在北京，是风仪坊坊主！"我们握手寒暄后相对而坐。封仪与众不同，身穿一件黑色中式对襟上衣，光头剃得锃亮，亮得可以照人，光得连一只苍蝇也站不住，一桌人最属他抢眼。他戴一副眼镜，镜片后面一双会说话的炯炯有神的大眼睛，好像时刻都在跟你打招呼。

提起风仪坊，我突然想起曾经在电视上看过一个专题片，说这里经常汇聚"各路豪杰"，坊友聚会白吃白喝，意在交朋结友，原来眼前这位"矮胖子"就是赫赫有名的坊主封仪呀。

因为人多，我们坐得也远，那天初次见面没有多聊，约定找机会再叙。封仪给人的第一印象：热情，睿智，话不多，未开口笑容先把你包围了。他个头不高，体重不轻，浓眉大眼，气宇轩昂，有种"佛爷"像。封仪，一个让人读不懂的人。

此后各自忙碌，只是短信来往不断。大约一两个月后的一天，突然接到封仪电话，邀请我参加他们一年一度的"坊聚"……每年新年或春节前后，他都安排一个地方请众"坊友"聚聚，"总结过去，展望未来"，我未加思索就满口答应了。结果那天下午临时有会，快晚上七点了才离开单位。待我赶到京郊那处有名的酒窖庄园时，活动已经进入坊主作"大会总结"环节了。走下台后，封仪走近我边同我握手表示欢迎，边说："我们坊里有个规矩，对任何人都不作特别介绍，你就入席自便吧！"我为自己迟到深表歉意，他却不停地说："没关系！你是大忙人，我非常理解，能赶来我就特别特别高兴啦！"说得我更加无地自容了。环顾四下，彩灯闪烁，音乐环绕，数十张餐桌座无虚席，氛围热烈。事后得知，每年这样的活动都是封仪亲自策划组织，自任"总指挥"，亲自通知邀请，自己掏腰包。何苦呢？封仪，一个让人读不懂的人。

那是一个周末，北京难得的蓝天白云、春光明媚的日子。按图索骥，沿着封仪给我发的路线图，很顺利地来到京城公园湖心岛一处古朴雅致的建筑内。封仪迎接我们后又回到他的"主持人"的专位——茶海后面专门为客人沏茶倒水的地方。那天先到的"坊友"除北京诗人侯马、树才外，还有海南社科联书记和一个诗刊主编，他们正在交流对当下中国文坛特别是诗坛的看法，氛围之热烈，观点之深刻，内容之广泛，听得我目瞪口呆，没法插话，直到转入文学翻译话题时，才有了我的"用武之地"。海南客人赶飞机提前离开去了机场，剩下我们几个天南地北，聊得好不热闹。我原以为封仪是个"生意人"，不想他对文学、对诗歌、对翻译还有独到见地。一问才知道，他毕业于大连外国语学院日语专业，当过翻译，搞过公关，做过生意，还写过小说、诗

封语江湖

歌，发表过翻译作品，原来我们还有相似的学历和阅历呢。越聊越投机，不知不觉到了中午。

风仪坊的美味佳肴，属他老家东北菜系，也是我最钟爱的，酒逢知己千杯少，因此，都没少喝。酒足饭饱后，我拿出"有备而来"的相机，给每个人拍了几张特写照片。令人欣慰的事，那天拍的照片，后来封仪和侯马在自己的作品集和宣传画中都用上了。

后来，我还先后应邀参加在海口、锦州、北京等地举行的封仪领衔主创电视剧《海南往事1987》作品研讨会和小说《英雄劫》首发式。一个成功的生意人，一个不著名的翻译家、作家，哪个才是他的真实身份呢？封仪，一个让人读不懂的人。

"闯海人"联欢活动，封仪挂帅连续搞了多年，不是在海口就是在他老家锦州，抑或其他地方，无论在哪儿搞，作为1988年首批"闯海人"一员，封仪都是竭尽全力，倾注真感情，贡献智慧和力量。为了2016年的闯海人晚会，他提前近一周时间赶到海口，忙里忙外，忙上忙下。那几天，我随时跟踪他们的进展情况，活动当天早上，给他发去微信鼓劲，预祝成功，没想到他即刻在朋友圈里转发出来：

今天发微信没有几分钟，外文局郭晓勇局长就回复了如下的文字，粘贴发一下，与大家共飨：

向所有"闯海人"表示敬意、预祝闯海人晚会圆满成功！再次重温两年前参加研讨会的情景，想起了当时这段文字，权当是对所有闯海人敬意的一种表达吧……

《爱这片蓝》（闯海南）

——为电视剧《海南往事1987》而作

向往你的天高，

喜欢你的海蓝。

万泉河河水水流长，

五指山山青青连绵。

喊一声我来啦，

万事都是那个开头难。

唤一声姐妹和弟兄，

父老日夜都在挂牵。

千苦万苦不言苦，

千难万难何惧难。

亲不够是这方土，

爱不完是这片蓝。

闯一闯就能闯出新天地，

干一干才能干出好梦圆。

向往你的地绿，

喜欢你的路宽。

天涯海角通五洲，

鹿回头上头顶天。

喊一声我来啦，

成功哪能那个不冒险。

唤一声高天和厚土，

母亲时刻都在挂牵。

同心同德建广厦，

至诚至爱铸江山。

亲不够是这方土，

爱不完是这片蓝。

闯一闯就能闯出新天地，

干一干才能干出好梦圆。

亲不够是这方土，

爱不完是这片蓝。

闯一闯就能闯出新天地，

干一干才能干出好梦圆。

晚会非常成功，有人评价说精彩程度超过当地"春晚"，但也有人说还可以搞得更好。封仪说，留有遗憾也不是件坏事，因为我们会把闯海人回家的联欢活动做成一个常态节目，做成我们闯海人自己的节日！我们应该尽快为明年的活动做准备了，一定要把闯海文化论坛落地，既要对得起那个伟大的时代，也无愧于我们这些闯海人。我们创造了闯海人的历史，我们就应该将这段历史载入史册，让后人、让历史铭记。

从海口回京没多久他就病倒了，还险些误诊，要不是果断转院治疗，后果不堪设想，还真越想越后怕呢。有人说他是这次海南活动累病的，也有人说他平时就不太注意爱惜身体了，他却说，我年轻时练过功，底子好，现在还每天坚持练自创"吞气功"呢！是啊，也是奔60的人了，无论如何，你还是应该注意身体的啊。封仪，一个让人读不懂的人。

在朋友圈里，封仪的大气、豪爽、开朗、乐观是有名的。为朋友可以"拔刀相助"，为弟兄可以"两肋插刀"，为伙伴可以"有难同当"。为此，他也吃过亏、上过当，有时也"打掉牙齿往肚里咽"。但他无怨无悔，他常说，谁没走背字的时候啊？我还得到过不少人的帮助呢。

夫人知道我在写一篇关于封仪的文章，便说，封先生看上去"五大三粗"，其实待人接物特心细。"你还记得不？有一回他邀请咱们去坊里，中午请大伙儿出去吃烧烤，连谁坐谁的车，谁打车先走，都考虑得非常周到。吃饭时谁挨着谁坐，熟人中谁喜荤、谁爱素，都细致入微、了如指掌。"是的，这不是第一次看到了，让忙活了半天的服务生替他买单，都会在给人家信用卡的同时，把叠在手心的百元钞票悄悄递过去……封仪，真是个让人读不懂的人啊。

有一天，有人问毕加索，您的画我们怎么看不懂？毕加索答道，你们听得懂鸟叫吗？听不懂。那为什么还愿意听鸟叫呢？因为鸟鸣悦耳好听。我的画你们说没看懂，好看吗？爱看吗？那就够了。毕加索不愧大师。

封仪就像一幅画、一件作品，看不懂、参不透，但不少人喜欢看，愿意欣赏，我也不例外。

郭晓勇

2016 年 8 月 28 日晚于北京静远轩

封语江湖

我的坊友我的坊

　　2003年封仪先生创立了风仪坊，在这十几年的时间里，风仪坊先后迎来了数以万计的各路朋友，坊友们覆盖了五零后到九零后的各个年龄段，横跨了政治、经济、文化等各个领域，并且大家都是各自领域里的佼佼者。

风仪坊坊刊《元年》诞生

风仪网一周岁生日

风仪网一周年坊友聚会

风仪坊坊友的欢乐聚会